ノーマニズム
Normanizm
～みんなの本～

永吉　剛

明窓出版

目次

第1章　障害

はじめまして

まず、簡単な自己紹介から。

僕は、どちらかというと身体障害者です。いや、半身不随であることは隠しようのない事実です。でも、この文章がその障害を持ったことによる悲壮さや、重い文章を書いているわけではありません。可能な限り明るく、笑い転げながらフレンドリーに読んで欲しいと思って、力の限り愉快に書きました。

そして、一応最後まで通してのメッセージなんですが、一つ一つのエッセイがそれだけで完結を迎えると思って読んでください。

では、どのような障害を持っているかを書いておきます。身体障害者手帳に書いてある障害の定義として、「頭部外傷による右半身不随（上肢体大幹《じょうしたいだいかん》機能傷害）」です。

ここで疑問に思うのが、上肢体《じょうしたい》と記述されていることです。それなら、下半身は全く障害がないかといえば、上半身と同様に障害を負っています。だから、杖を突いているんです。

そして、診断書などに書いてあった僕が疾患《しっかん》していた病名とは、最近解明されつつある「高次脳機能障害」です。もっとも、脳に関しては、緻密であるがために解明が困難らしいですけどね。話を戻して、大きくいうと、この2つの病気？　いや、障害を持っています。

何故そうなったかといいますと、実は大学3年のときに車の大事故を起こしてしまって、約1ヵ月半の間、意識不明の重体でした。それから、約1年半という長い間、3つの病院にお世話になっていて大学を休んでいました。

現在はめでたく復学できて、新宿まで電車で2時間半かけて通っています。2時間半といっても、大したことはないんですよ。むしろ、楽な部類に入るんじゃないでしょうかね。というのも、終点から終点の電車がメインなので、確実に座れます。山手線も使うことは使っているんですが、たった8分です。残りは、乗り継ぎの待ち時間や、一服タイム、徒歩での移動に割いています。

どういう大学で学んでいるかというと、工学部機械工学科エネルギーコースという所で学んでいます。エネルギーコースというのは、その名の通り、文章を書いたり絵を描いたりするのとは全く関係がない、「燃焼エネルギー」及び、「流体エネルギー」を専門として勉強するところです。でも、卒業論文の研究室は、設計の研究室なんですよね。これは、僕の体調を考慮してくれて、実験が頻繁《ひんぱん》にあるエネルギーコースの研究室だと辛いだろうから、図面を書いたりする設計コースが良いだろうとのことで、設計コースへ転属を許してくださいました。

休学期間ですが、正確には1年間です。しかし、大学3年時の後期のテスト前に事故を起こしてしまったので、テストを全部放棄せざるをえなくなり、進級することができませんでした。つまり、大学同期の人達からは、2年間遅れています。また、浪人して大学へ入学したので、それを含めると高校の同級生からは、3年間遅れていることになります。まぁ、なかには留年して今でも同期の友達もいましたけど……。

友達にこの本の原稿を読ませたところ、

『お前って、こんなに長い文章を書けたんだ。なんか、違うお前を見た感じがするよ。こんなに長い文章が書けるんなら、そっち方面の学校に進学して専門的な勉強をすればよかったのに。感想としては、なかなか面白かったよ。お前って、色んなことを考えているんだなぁ。感心したよ』

と、言われました。その友達の前でも、小説とかは読んでいたのにどう思われていたんでしょう。でも、たしかに実験論文とか授業のレポートだと、書くのが遅くて短い文章になっていましたね。でも、枚数を稼ぐために、必要なことが短いくせにどうでもいいようなことや同じ内容の言葉を変えた繰り返しで、しっかり、規定の枚数だけは稼いでいましたね。だから、このような感想を持ったのでしょう。

また、高校時代の同級生からも、

『お前って、文章を書くのが好きだろ？』

いえいえ。特に好きな訳じゃないですよ。先程言ったように、実験論文とか授業レポートみたいに論理を書くというのは、どちらかというと嫌いでした。でも、このように自分が思い付いたことを書くというのは、書いているうちにけっこう楽しく好きになってきました！　しかし、この文章を読んでいない多くの人が、

『貴方って、とっても論理的に考えるよね。解りやすくて解説とか、相談の回答者にはぴったりだよね』

と、あらぬ方向で僕を解釈します。

でも、それは違うと思いますよ。それは、理工系の大学に在籍するからそうなだけで、本当は論理じゃないことを、論理っぽく喋っているだけに過ぎないかも知れませんよ！

では、何故このような文章を自発的に書こうと思ったのでしょう。

それはですね、僕が事故という大事件を起こして、初めて入院し障害者になってしまったことがきっかけとなり、全て実話で長い文章を書けるからなんです。

そして、「バリアフリー」と呼ばれる物に対して、色々と疑問を思い付くし、現在の医療のありかたについても疑問を持つからです。医療に関する疑問というのは、具体的なトラブルとかじゃないですよ。そっちは、やろうにもやれません……。

また、入院して意識が戻り始めた当初に腐るほど時間があり、自分を見つめ直す機会があったので、書いたということもあります。まぁ、今回のように、何回も入院するような事件があったらたまりませんけど……。

そして、やっぱり障害者にある印象を変えて欲しくて、この文章で事実を事実のままに、鮮明に公表しているのです。そして、実際に障害を持つ人に出会ったとしても、その印象や接し方を変えて欲しいと願っています。

では、はじまりはじまり〜！

障害者になってしまった気持ち

僕は、大学3年生まではごく普通の大学3年生をやっていました。その3年間の生活を詳しく書けといっても、どこにでも転がっている（？）、ごく普通の大学生でした。そういう話を聞いても面白くもないし、僕だって書こうとは思いません。ところが、事故を起こして身体障害者と定義されたじゃないですか。俗に言う、中途障害者というわけです。どんな障害者かというと、事故によって左脳を強く打ったみたいで、右半身不随という名前の障害と高次脳機能障害という名前のもう1つの障害を受けています。外見だけなら、足が悪いように見えますが、大雑把に言うと本当は頭が悪いのです。要するに、脳味噌の筋肉やバランス感覚をコントロールしている部分が故障しているのです。

あっ！　頭が悪いと書くと、「バカ」を連想してしまいそうですね。まぁ、それも多少（かなり？）含まれているとは思いますけど……。

でも、身体障害者と定義されても、僕自身はなんとも思っていないんですよ。一緒の時期に入院していた知り合いも、

『自分では、障害者の自覚がないよ』

と、言っていました。

つまり、こういうことだと思うんですね。本人は障害者という自覚がなくても、世間一般や知り合いに「障害者ってかわいそう……」とか「なにか手助けできることってなぁい？」とか思われるんですよね。

実際に、僕も自分が障害者になるまではそう思っていました。でも、障害者になって

みて初めて解ることもあるんですよ。健常者のままでは解らなかったこととかね！

ちなみに、僕の場合は、まず障害者ということをきちんと自覚しています。自覚はしているんですけど、僕という人間そのものは、ちっともかわいそうじゃないし、全然不自由もしていないです。逆に、その状況を利用したりもしています。はたから見たら、けっこういんちきな障害者だったりして……。

退院した当初、電車の中でお婆さんとかに、

『最近、よく見るね。杖を突いているけどどうしたの？』

『いやぁ、ちょっと事故で……』

『まぁ。こんなに若いのにかわいそうに』

と、声をかけられました。

『いえ。自分の不注意で事故になったんですから、ちっともかわいそうじゃないですよ』

と、何回も言っても、具体的に説明しても、「かわいそうに」としか言いませんでした。事故を起こしたといっても、自分の好きなことをしていて、自分の不注意から起こしたわけですからかわいそうじゃないです。「かわいそうじゃないっつ〜の！」と突っ込みたい気持ちにもなりました。

それから、何をするのにも苦労はないですよ。身体障害者になってしまったからとい

って、生活のベースが変わったわけでもありませんし、専用の福祉機器を使っているわけでもないです。しいて福祉機器と呼べるのは、杖ぐらいですかね？　まぁ、杖がなくても歩けるんですが、それがないと、いまいち不安なので突いています。でも、お婆さんに限らず、電車の中で杖を突いている人がいたら、

『譲りましょうか？』

と、向こうから声をかけてきてくれますよね？　しかし、僕にはそんな心使いは必要ないんです。

タバコだって吸えますしお酒だって飲めます。自動車だって、普通車を運転しています。自動車の運転については、ここではちょっと置いておいて、のちほど触れます。

話を戻すと、僕にとっては立っていることが何の苦痛でもないです。逆に、席を譲ろうと申し出てくれたのが若い女の子だったら、それをきっかけに、その子と仲良く

なって色々なお喋りを楽しんだりしています。友達にこのことをいうと、

『いいなぁ。俺も杖突こうかな？』

『なんの為に？』

『だって、杖突いていると、向こうから声かけてきてくれるんだろ？　だから、声をかけて貰いたいが為に！』

『バカ』

『だってお前は、ほとんど杖要らないだろ？　杖が無くても、歩けるし』

『歩けることは歩けるけど、やっぱ不安だよ』

『でも、杖を必要としているのは、危ないときとかバランスが狂いそうになったときだけだろ？　だったら、向こうから声かけてきてくれる方が、メリット大きいじゃん』

『そりゃそうだ』

確かに、杖がないと不安ですよ。でも、友達もいうように、ナンパしなくても向こう

から先に声をかけてきてくれるメリットの方が……。

しかし、杖にこんな便利な使い方があったとは……。

先天性障害者と中途障害者の違い

先天性障害者というと、よくご存知でしょう？　そう、乙武さんです。中途障害者とは、先天性という言葉に対比させると、後天性障害者ということになります。

わかりきったことですが、あえて解説を加えるなら、この僕のように人生半ばで障害者となってしまった人達です。

先天性障害者は、生まれたときからその身体なんですから、その身体で生活することが、その当人にとっては普通のことなんです。つまり、その方達の中で、その環境というのはごく当たり前な世界なわけです。しかし、当然ながら他の人達と同じように過ごしたいという考えはあると思いますけどね。事実、何名かの先天性障害者の方達は、そう言っています。

ところが、この僕のように中途障害者だったりすると、健常者だったころも知っているため、その障害を受け入れるというか乗り越えるのには、考え方の大きな方向転換の必要があります。

まっ、僕のように、能天気になってしまったものはしょうがないと割り切って、障害者であるということを、自慢（いばれるか！）しないまでも使っていれば別ですが……。障害に対して、変な自信や誇りすら湧いてくるんですよね。何をどうすれば、そうなるかは解りませんが、「僕を拒否したやつを後悔させてやるぅ！」とね！　これは全く根拠のない自信です。でも、障害者になったからって、

『あなた達と俺じゃ、どこがどう違うの？　俺は、少なくともＣＡＤ《キャド》（設計図を書くソフト）は使えるしね。それに、機械を開発する上で環境が大事ってよく聞くけど、そういう福祉の機械を作ろうと思っていたら、使った体験があるとか、その環境で生活していたというのは大きなメリットじゃん！』

と、思っていますけどね。

別に、機械の開発だけじゃなくても、その視点から見られるということは、今までとは違った発見をできると思うんですよね。

「ここはこういうふうにクリアしよう！」

とか、

「どういうふうにやったら早く問題を解決できるんだろう？」

「こういう人の心理ってこうなんだ！」

とかね。

例えば、障害者達の心理を勉強するところがあるじゃないですか？　そういうところに売り込んで、自分の体験を、その通りに話せばいいだけなんですよね！　完璧に立ち直っているんなら、人生途中で障害者になろうとも、それは自分にとって大きな財産となりうるんですよ！　まっ、言ってみれば、誇りというのは、これが誇りなんですよ！

ところで、今までの障害者が書いて売れた本というと、「五体不満足」に代表されるような、先天性障害を持った人達の本じゃないですか。他には、先天性障害じゃなくても、両足切断などで車椅子使用の人達が、入院してからの闘病記とかじゃないですか？

たまにはそういう本じゃなくて、先天性障害じゃなくても車椅子使用じゃなくても、そういう人の本があってもいいじゃないですか。それとも、僕のように中途障害で車椅子も使っていない人ではインパクトがない？

現実問題、出版に関してはどの位インパクトがあるかということが重要になってくるんです。そのインパクトという意味では、手足が短いというハンディを背負って「五体不満足」を書いた乙武さん自身の考え方にインパクトがあったんですよね。その結果として、スポーツキャスターやノンフィクションライターという職業に就けましたし、結婚までしたんですから！

ある人が、こう言っていました。

『しょせん、乙武さんの二番せんじじゃない』

いやいやいや。この文章が、乙武さんの「五体不満足」の二番せんじなことは拒否するというか、比べる行為そのものが間違っているでしょう。障害を背負って、こういう文章を書こうと思った背景も違うしね。もし、そういうつもりで読んでいたのなら、全く違う文章だと、考えを改めてくださいね。

それに、世の中の多くの人が、もし障害者になるとしたら、僕みたいに車椅子を使わないで、杖だけで独歩可能な中途半端な中途障害者がほとんどでしょう。

でも、社会的にみたら、先天性障害も車椅子生活者も僕のような中途障害者も立派な障害者なわけですよ。

(?)

『俺が本を出版できたらどうする?』

と、知り合いの子に質問してみたところ、

『私は読みたい1冊だと思うよ。障害をものともしていないように生活しているあなたという人物に興味があるし。逆に障害を利用しているんだから、それで思い付くことは十分にインパクトあるんじゃない?』

この僕に、インパクトがあるかどうかは知りませんが、少なくとも事故にあってからの考え方は、そこら辺の25歳とは一味違うし、右半身不随で、マニュアル車を運転している人はそうめったにいないと思うんですけどね。

ところで、現時点で販売されている、障害者の書いた本の中に、中途障害の人が書いた本は、更に少ないと言いました。その数少ない中途障害者の書いた本の中で、「脳障害」を持った人の本というのは、さらに少ないのが現実です。というのも、脳が病気におかされているので、そのせいで自分の訴えをきちんと言える人っていうのが、少ないからではないでしょうか。

ネット上で知り合った、脳外科に所属するドクターが、こんなことを言っていました。『私個人的には、脳が原因で障害をもつ人の意見というのは、なかなか世の中には反映されていないように常々感じていました。

自分が担当させてもらっている患者さんやその家族の人たちにも、「自分でもっと大きな声をあげようよ」といつも思っていましたので、実際に生の声がこのような形でも人の目に触れることは意義のあることと思います』

そうなんです。書いた僕がいうのも妙な話ですが、自分が障害者ということを恥じてはいません。また、先天性障害者と中途障害者を比べた場合、どっちが大変かというのを比べるつもりは毛頭ありません。

「障害とは、こんな形もあるんですよ」

と、脳障害を持った人の訴えを人目に触れさせることが、色々な形の障害を知ってもらう上で、大きな意義があると思うんです。

高次脳機能障害って?

テレビ番組を見ていたら、動物の脳味噌について放送していました。ちょっと興味があったので見ていると、

『何故、人間以外の動物は深く考えらずに本能で行動してしまうのでしょう?』

と、放送していました。その番組によると、人間の脳味噌は、他の動物とちがって層状になっているそうです。つまり、こういうことらしいです。

『人間は、その何層もある層から言われたことに対して一番近い話題をピックアップしたら、それに関連する話題を探して重ね合わせて、重ね合わせた内容の中から、それに合った行動を取ります』

と、報道していました。

これって「高次脳機能障害」に対して、一般的に考えられている症状に似ているんですよね。

医学の世界で「高次脳機能障害」とは次ように定義されています。

『人間の脳には、生命維持、意識、感覚、言語などの、様々な働きを担う中枢《ちゅうすう》が存在しています。その中でも、記憶、注意、感覚、思考力など、私達が人間として生きていく上で基本となる精神活動全般のことを「高次脳機能」と呼んでいます。』

それの障害である、「高次脳機能障害」とは脳の損傷により、記憶力、注意力、集中力などの情報処理が低下して、適切に考えたり行動したりすることが難しくなる障害です。

具体的には、次のような問題が起きます。
1、記憶の障害：新しいことが覚えられない。以前のことが思い出せない。
2、注意の障害：物事に集中できない。ぼぉっとしている。
3、発動性の低下：自分から物事を始められない。促されないと何もしない。
4、病識の欠如：自分の障害に対する十分な自覚ができていない。
5、遂行能力の障害：複数の物事を分析し、順序良く計画を立て行動できない。
6、制御の障害：感情や行動をおさえたり、調節したりすることができない。
7、柔軟性の障害：状況に合わせて臨機応変に対応して行動できない』
入院時に、担当だった先生に質問した所、「高次脳機能障害」というのは、大きく言っているだけで、人によって様々な症状が出るらしいです。解り易くいうなら、腹痛や関節痛、発熱による頭痛といった症状を、ひっくるめて「風邪」と定義しているようなものです。

僕に大きく出ていた障害とは、1番と2番の障害らしいです。それと、「構音《こうおん》障害」というのが、現れているらしいです。これも「高次脳機能障害」の中に含まれるらしいのです。でも、この「構音《こうおん》障害」に関して、僕に出ている症状というのは、とっても軽いらしいのです。これについては、またのちほど解説を加えますね。

先生が言うには、この「高次脳機能障害」が完治するのは難しいらしいです。

でも、「高次脳機能障害」って他人が確実に定義はできないと思います。他人から明確に定義できるのは、1番、4番だけだと思います。その他の障害とは、本人の考えによって変わってくるものなので、本人にしか解らないことだと思います。

特に2番、5番、6番に関しては、人にどうこういわれる物だとは思いません。ぼぉっとしていても、何かを考えているかも知れませんし、その行動をする必要がないと判断したので、その行動をしなかっただけかも知れません。それに、感情が制御できないからといっても、それがその人の性格かもしれません。

また、3番、7番に関しては、患者を取りまく周りの環境によって変わっていくと思います。

先生は、2番のことがあるから車の運転には賛成できないと言われましたが、次に起こるであろうことを予想すると同時に、周りの状況を判断するのが運転じゃないですか。これには、教習所にもう一回通って、担当教官に問題はないと判断して頂いたので運転を再開できました。医者の立場から考えてみれば、賛成はできないですよね。もし、事故を起こしたときに、

『医者がいいって言いました』

などと、責任問題になりかねないですからね。

3番に関しては、目標があればそれに突き進むので自分から行動するんですよね。じっくりと自分を振り返ってみると、入院時に限らず、彼女達がいない時期の僕にそれは当てはまります。もともとの性格が気の長いほうだったので、自由に振舞える事故前はそうでもありませんでしたが、怒りっぽくなっていた入院中には余り深く考えずに、小さなことにいらついたり腹を立てていたりしました。結局は、そのときやるべきことをしっかりと胸に刻んでいないからそうなっちゃうんですね。

その意味では、彼女達にものすごく感謝しています。入院中に毎週高い高速料金を払ってまで会いにきてくれた彼女や、入院中にできた彼女に対しての僕の、「普通の男として幸せにするんだ！」という、目標になってくれたんですから！

つまり、「高次脳機能障害」とは、過去の物であって完治できる物だと思うのが僕の見解です。現に、僕には先に述べたような障害はなくて、現実に障害として残っている右半身にある手足の麻痺《まひ》だけで、残りの部分に関しては何の問題も無く生活しています。

これは持論ですが、「そのときに話している話題に関連付けて考えられない高次脳機能障害は、時間が経って脳が再開発されれば消えるし、やりたいことをはっきりさすれば自然に消える物！」と、考えています。

実際に、僕もそうでした。先に話した彼女の件もそうですが、色々な人と会話したり自らの経験を増やしたりしている内に自然といらつきは消えました。

もっとも、元がイライラしがちな怒りっぽい人は、あまり変化がないと思いますけど……。

でも、そんな人達にも心を許す人だっていると思いますよ。ちなみに、僕の場合は違いますよ。普段から、仲の良い友達とバカをやって大騒ぎするのが好きなようですから！

街で見かけても警戒しないでね。外見は普通とはちょっと違うけど、中身は普通の人だから。いやまてよ！？　中身も普通とちょっと違うかな？　天然ボケならぬ、かなりの天然バカだから……。ただし、変態じゃないと思いますよ。たぶん……。

構音《こうおん》障害とは！

さて、この「構音《こうおん》障害」についてですが、リハビリの先生いわく、僕の場合この症状はとっても軽かったそうです。友達に、

『俺が喋《しゃべ》るのって変？』

と、聞いたところ、

『ん〜、確かに事故前とじゃ多少ゆっくりなっているし、ロレツが回らないところもあるけど、聞き辛くないよ』

他の友達にも同じ質問をしたところ、

『たしかに、事故前から比べるとゆっくりだけど、ちゃんと喋《しゃべ》れているしネ。聞き取るのには、問題ないよ』

と、言って貰いました。言って貰ったのは良かったけど、今までのように喋《しゃべ》れないので、喋《しゃべ》るのにはあまり自信がないのです。特に早口言葉とか、連続した音を発音するときにどもってしまって……。といっても、喋《しゃべ》るのは嫌いって訳ではないですよ。どちらかというと、人とお喋《しゃべ》りするのは好きです。でも、自分の発音に……。

ところが、ところがです！　僕より、解らない言葉を使っている人がいました！

山手線の車内には都内の女子高生が乗っていました。少し興味がある会話だったので、耳をそば立てていたら、

『あんたの彼氏ってあれじゃん。●×▲でしょ？』

「あなたって何人？」と、一瞬思ってしまいました。その子達の会話は続いて、

『でも、ちょ～●×▲でしょ？　私の彼氏もそうなって欲しいよ』

『ん？　ごめん、聞き取れなかった。そこをもう一回！』

と、頼みたかったのですが、知らない人に喋《しゃべ》りかけるのも気が引けるし、変態になる可能性もあるので頼めませんでした。

たしかに、関係がないの人の会話を聞いているこっちも悪いのですが、今回の例のように知らない間に耳に入ってくることもあります。僕も、一応は最近の子なので「ちょ～」や「かなりぃ」などといった最近の言葉は解ります。でも、このときばかりは世代の差を感じました。というか、「もうちょっと誰にでも解りやすい日本語を使ってくれても……」と、思いました。

「構音障害《こうおん》」という病気を疾患《しっかん》していて、喋《しゃべ》るのがスローペースになったり、ロレツが回らなくなったりしていても、もう少しまともな日本語を使っているつもりではありま

す。

リハビリの先生が言っていたのですが、構音《こうおん》障害にはカラオケが良いらしいです。元々というか事故前は、歌うのは得意でしたよ。かなり高い声まで出ましたし、その気になったら、低音の女性ボーカリストの音域までカバーできました！

でも、事故後はどういう訳か高音まで出すと声が裏返ってしまって、「ビャー」とか「ビョー」とか情けない声になってしまいます。ちなみに、音痴にはなっていませんよ。

おかげで、ボーカルが高い音域で発声するような男性の歌は諦めて、ボイスチェンジ機能を使った女性ボーカルの歌にはまっています。

これが、やってみるとけっこうはまるんですね！　なんか、自分の声とは思えないぐらい、かわいらしい歌声になっています。カラオケへ一緒に行く友達は、

『そんなに、かわいらしい声だすなよ～。気持ちわりぃ。たまには男の歌を歌えよ～』

『いいじゃん！　かわいいんだから！　俺は、これでもけっこうお気に入りなんだよ。最近、女性ボーカルの歌声にはまったし』

『まっ、いいけどなぁ。ところで、次は何入れた？　もちろん、女の子の歌だろうけどさぁ』

『ん？　たしかに、女の子の歌。聞けば解るよ。おっ、始まった。俺の番だ』

♪チャラララー……♪

『おい。これって、洋楽じゃん！　女の子の洋楽まで歌い出したかぁ。しかしまぁ、よくやるわ！』

帰宅してから音楽番組を見ていると、ある韓国の女性アーティストが、日本でＣＤデビューを果たして、そのアピールをしていました。そっちのほうが、電車の中にいた女子高生よりも立派な日本語を使っていました。その女性アーティストは、母国「韓国」でも日本語学校に通っていたそうですが、学校では文法とか発音しかやっていなかったそうです。実際にコミュニケーションをとったのは、日本に来た１ヶ月前ぐらいだそうです。

これをふまえていうと、最近の女子高生は、英語ばかりじゃなくて、きっちり母国語の日本語研修を行う方がいいんじゃないですかね。といっても、僕も英語の授業や英会話の授業があって、そこそこ英語が得意だったはずなんですが、洋画とかで日本語吹き替えを本場の英語にしてみるとさっぱりですし、母国語のはずの漢字も……。

これについては、また別のお話で語ります。

前提

なにかの本に、「医者やナースは短い言葉を使って、治療を進めている。」と書かれていましたが、それは治療に限らず患者（僕だけかも知れないですけど……）にもいえます。

ある看護師さんは、「残りの人生を歩んでいる人というのは、いつでも直球でくる。例えば、会話に前置きがない」と言っていました。

しかし、死ぬ危険がなくとも、僕のように「構音障害《こうおん》」を背負っていると、喋《しゃべ》るのは好きでも喋《しゃべ》るのがおっくうになってくるんです。

以下の内容は、この言葉とも繋《つな》がると思います。どういう内容かというと、俳句のように単語で区切ってしまって、接続詞という物が省略されるんです。例えば、眠くなってきたときに、

『眠い、寝る。寝る時間だし』

という感じで、「眠い」と「寝る」の間に、「から」という接続詞が抜けているんです。これは、一例に過ぎませんが、前提がないままいきなり喋《しゃべ》り出すという場合もありました。

例えば、これは実際にあった話なんですが、入院時には前提がなくて、いきなり単語のみで喋《しゃべ》ったりしていました。例えば、家に帰宅するために親が迎えに来たときなど、

『最近寒い。上着ある？』

帰宅してからも、

『パソコン……。調子悪い……。直る？』

などなど……。

実験的に大学に通っている時期や、復学当初に友達から、

『お前の話は聞きにくくないけど、関係無い話をいきなり持ってくるから、ぶち壊すよなぁ』

と言われていました。これに対する言い訳として、

『関係なくないよ。そっち方面の話になったから、この話をしたんじゃん』

『そうか。そういう訳か。でも、そういう前提を置いてから話をしろよ』

このように、言い逃れしていたんですけど、今となってはただの言い訳ですね。もちろん、今は喋《しゃべ》るのが遅くとも接続詞とかを使って、まず前提をおいてから普通に喋《しゃべ》っていますよ。

もっとよく知るために

最初の方で僕の持っている障害について、ずらっと書きましたが、あれはもらったパ

ンフレットに書いてあることで、専門的な資料じゃないわけです。でも、自分の病気というか障害についてもっと詳しく知りたいから、学校帰りに立ち寄った本屋で捜してみました。すると、置いてありました。それは、「高次神経機能障害」という本で、「新興医学出版」から出版されています。この本は、本屋の「医療関係」というコーナーに置いてある、「小林光恵さんの本を読みたいなぁ」と、その近辺を探していたら偶然にも見つけました。この小林光恵さんという方は、元ナースで現在出版活動をなさっている、漫画「おたんこナース」の原作小説「ぼけナース」を書いた作家の方です。そうですね、もっと解り易く言うと、「ナースマン」というテレビドラマが放映されましたが、その原作小説をお書きになった方です。「看護師さんに、こんな人がいるんだったら、入院生活も面白いだろうなぁ」という、愉快なナースを登場させている楽しい本をお書きになっている方です。

この「高次神経機能障害」という本を購入しようと思っていたのですが、医学の専門書ということもあって、￥６８００もしたので諦めざるをえませんでした。

しかし、立ち読みでぱらぱらめくっていると、たしかに難しい話も掲載されていましたが、僕が疾患《しっかん》していた「高次脳機能障害」についてより詳しく、かなり具体的に書かれていました。この本に夢中になって熟読してしまうと、脳神経に関しては、そこら辺の医者より僕の方が詳しくなってしまいそうです。もちろん、専門用語とか解らない所とかが出てきたら、意味を把握できるまで調べて。

ところが、友達にこの話をしたところ、

『むりむり。だって専門の医学書だよ。俺等みたいに理工系の大学に行っている人が、意味を全て把握できる訳ないじゃん』

「ごもっとも……」

と、僕が思ったところで、友達が逆に聞いてきました。

『ところで、「五体不満足」を出版した、乙武さんって知ってる？』

『うん。知ってるよ。俺の入院中に、リハビリの方から「五体不満足」を紹介されたもん』

『でも凄いよなぁ。「五体不満足」って、乙武さんが大学生のときに出版したんでしょ。あのおかげで、一躍有名人だもん』

『えっ？　そうだったの？　それは、知らなかった。ということは、俺にもチャンスがあるの？』

『それも無理！　だって、乙武さんは頭がいいんだよ』

「……バカを確立させるようなことを言わなくても……」

ということは、理工系の学生が医学書を読破するってことも諦めざるをえないし、本を出して有名になることも無謀なチャレンジなんですかね。

まっ、僕自身が、現在の日本の障害者というものが置かれている状況を問題視して、それを改善するために伝えたいから良しとしよう！

誰がなんと言おうと、これで良いのだ！！

第2章　僕のやり方

障害者の視点

街の中を見てみると、少しずつですが確実にバリアフリー化が進んでいます。でも、本当の意味のバリアはなくなっていません。何故かって？

それは、日本が技術で世界トップクラスの実力を持っていても、心というか考え方まではトップクラスの実力を兼ね備えていないからなんですよ。ここでいう考え方というのは、健常者の生活面に対してじゃないですよ。生活水準を見ても、そっちは明らかに世界の先進国となっていますし。

でも、ひとたび障害者の生活面、つまりバリアフリー（ユニバーサルデザイン）と呼ばれるものに対しては、世界に名だたる後進国となっています。

そして、いくらバリアフリー化を目指したユニバーサルデザインといっても、それは健常者からの視点であって、実際に使う障害者の視点じゃないんですよね。

ユニバーサルデザインというのは、障害の有無に関わらずデザインされたもののはずなんですけど、やっぱり尺度が健常者と障害者では違うのが現実です。

今現在、障害者と呼ばれる人達は受身になって、健常者が開発した機械を使わざるをえないじゃないですか。そりゃ、いくら健常者が開発を行った機械といっても、障害者のために作った機械や障害の有無に関わらず使いやすいように作られているんですから、障害者が使いやすいのは当たり前です。

そうじゃなくて、障害者が常に受身になっていないで、障害者が障害者の為に開発をしていけばいいんですよね。もしくは、設計や開発をしなくても良いから、どういう機械が本当に必要なのかをアンケート、もしくは文章にまとめて、それを元に開発側が動くべきなんですよね。

つまり、基準をどこに持っていくのか、そこが重要なことなんです。障害者が使うために開発された商品は、健常者も使いやすいのは当たり前です。そのための、ユニバーサルデザインなんですから！

話を戻すと、例えば、福祉機器を設計開発している会社の方や、医療系で働いている人達がいるじゃないですか？　そういう人達も、結局は、

『障害者はこんな感じかな？』

といった感じで、しょせん想像の世界じゃないですか。

そうじゃなくて、毎年行われている、「国際福祉機器展」などへ、開発を行う人間と障害者が一緒に出かけて、

『この方が使い易い』

というふうに、実際に使う人の意見を仰いだ方が良いと思います。

でも、実際には難しい話ですよね。医療系で働いている子は、こんなことを言っていました。

『話もできるからと、職場の仕事仲間同士で福利機器展に行ったりすると、あくまでも介助していての使い勝手になって、利用者さんの使い易さは推測でしかないもんね。そりゃ、利用者さんが使い易いって評価できれば理想だけど、なんせ痴呆がある程度進んだ方に使っているのが現状だしね』

こんな感じで、実際の職場とかでは難しいのが現状です。

たしかに、痴呆老人の方だと難しい話ですね。ところが老人に限らず、この僕のように、これからの社会で活躍していくであろう人達もいる訳ですよ。

実際に、退院を迎えた国立リハビリテーションセンターには、僕より若い人とかこれから活躍できそうな方がけっこういました。そういう人達が中心になって、意見を出し

合っていけば、バリアフリー化が一気に高まると思うんですよ。

そもそも、ユニバーサルデザインのコンセプトがあるいま、「国際福祉機器展」のように、福祉機器というのがあるということ自体がおかしな話です。

そういうと、僕の考えていることが矛盾しますが、僕は「障害者だからこそ、思い付くことはある！」を胸に活動しています。現状の日本では健常者がベースなので、仕方ないと言えばしかたないですよね。

障害者の存在意義

バリアフリー化が進んでいると書きました。

でもそれは、場所毎にバリアフリー化は進んでいるということなんですよね。その場所毎っていうのが問題です。単体で、つまりその場所はバリアフリーが行き届いているとしても、そこに行き着くまでの手段はどうするんでしょう。といっても、車椅子を使用している人達が、自分で車を運転できるなら問題はないです。車を運転していけばいいんですからね。

しかし、いくら自分で運転ができるからといっても様々な問題が浮かび上がります。

例えば、駐車場とかでよく見かけるようになった、車椅子スペースというものがあります。でも、それって、車で出かける先々にあると思いますか？

誰でも、容易に想像つくと思いますが、答えは「ＮＯ」です。では、車椅子生活になったら、車の運転を諦めろということですか？　お解りの通り、それも「ＮＯ」です。

実際に、車椅子生活者でも運転している人はいますしね。なら、そういう場所には行くなってこと？　もしくは、調べてから行けということですか？　こちらも、「ＮＯ」です。

そもそも、車がここまで普及したのは、遠くまで速く行けて、自由に行動できるという利点あったからじゃないですか。それが、たった車椅子生活になっただけで諦めなきゃいけないとは、むごすぎます。

ある福祉機器メーカーで、住宅に使う「ロールピッチドア」という小スペースでも開くドアを開発、そして展示されていました。

これを、車のハッチバックドア部分に取り付けて、かつ運転する座席部分で固定するような装置を開発したら、小スペースでも乗車できるし、なおかつ車椅子の方が真っ直ぐ運転席に入って、自分で車を運転してあちこち自由自在に動きまわれると思いますよ。

こんな感じのことを、そのドアの開発メーカーの方に提案したら、

『勉強になります』

と、言われました。

では、車椅子でかつ車を運転できない人達はどうするんでしょう。

僕は、今でこそ1本の杖に切り替わり、自動車も運転していますが、以前は車の運転もままならない車椅子生活でした。車椅子生活といっても2つ目までの病院で、メインは病院内だけだったので全く問題になりませんでした。

病院内は、フル・フラットになっていますからね。病院内に限らず、最近建てられた公共の施設。例えば、電車のホームやデパートの中。こちらも、エレベーターや、エスカレーターが充実してきて、バリアフリー化に対する整備が整ってきました。でも、病院内や公共施設に限ってのことですよね。それはそれで、良いことです。しかし、現実には、細かく個人に対してまで徹底したバリアフリーは行き届いていないです。

車椅子生活のときには、ちょっと散歩に出かけたときに現れる、小さな段差が大きな段差となってのし掛かってきました。ほら、僕って右半身が麻痺《まひ》しているでしょう。そうなると、右回りになってしまって、真っ直ぐ前進するように、両方のタイヤを同じ速度の回転で転がせないんですよ。だから、足で地面をこがないと直進できないんですよ。

僕の場合は、足でこいで進めばよかったですけど、半身不随でかつ両足切断の場合にはどうするんでしょう。現実問題、実際に病院内にはそういう人もいます。すぐ電動車椅子と考えられるでしょうけど、根本的な問題解決にはならないですよね。

では、そこに人間としての存在意義は？

答えは、大きくあると思います。そういう人達が中心となって、いつまでも受身に回っていないで、能動的に問題解決をしていきましょう！

街中のバリアフリー

では、こんなのはどうでしょう。話はちょっと戻りますが、再び車椅子での電車です。もちろん、電車に限らず、バリアフリーと呼ぶならもっと改善する必要が街のあちらこちらにありますが、ここでは移動手段（自力以外での移動方法。要は電車）に限った話をします。


新聞のニュースに、「駅の4割、車椅子安心」という見出しが掲載されていました。これは、どういうことかというと、利用者が５００人以上の駅には、改札からホームまで段差なく移動できる駅が駅全体の４２％を占めているそうです。他にも、簡単な介助があれば、なんなくホームまで移動できる駅も、駅全体の１６％を占めているそうです。

それはそれで良いことです。でも、設置してある場所が問題で、例えば東京駅と池袋駅を見てみます。

東京駅のエレベーター設置場所は、ホームの最前部です。でも、池袋駅のエレベーター設置場所は、東京駅でエレベーターを利用して電車に乗った場合、電車が到着するホームの後ろの方になります。距離にしたら、電車1編成分移動しなければなりません。

それは、どうなんでしょう。確かに、エレベーターを利用すれば、現在目指されている障害者が自立して、一人で電車に乗ったりすることも可能です。いや、恐らく一人で電車に乗ることはやっぱり不可能に近いです。ホームと電車の隙間がありますからね。まぁ、車椅子熟練者になったら、電車とホームの隙間ぐらいなんなく乗り越えることは可能でしょうけどね。

おっと、そういう問題じゃないですね。そう、エレベーターの設置場所です。その設置がしてある場所というのが、ホームによって様々です。これは、小さい駅だったら、スペースの都合とかもあるからしょうがないにしても、新聞社の調べでは利用者が5000人以上の入り口も多数あるような、けっこう巨大な駅ですよ。ということは、間違いなく入り口も多数あり、スペースだって見つけようとすれば必ず出てくるでしょう！　ということは、スペースがないとか、そういう言い訳は通用しません！

先程、例に挙げた東京駅と池袋駅には、電車に乗り込んだり降りたりする同じ場所に、エレベーター設置可能なスペースが十分あります。もちろん改札のある場所が、駅によって様々ですが、僕の調べた駅（池袋&東京）に関しては、どこの階段や通路から出ても、東西南北に改札口が設置してあります。

このように、全体を考えてバリアフリーをやらないと、場所毎に単体でバリアがなくなってきていても、最終的にはたいしてバリアがなくなっていないんですよね。要するに、やっぱり全体が見えていないいんですよね……。

自宅でのバリアフリー

では、全体を見る必要のない、個人の生活の場、つまり住宅のバリアフリーのあり方について書きますね。

車椅子に乗った方でも、シャワー浴だけじゃなくて、湯船につかりたいときとかがありますよね。そのとき、湯船の仕切りであるバスタブは、車椅子に乗った状態だと、またがなくてはいけなくなるという障害になります。

それを解決したのが、ある福祉機器メーカーの開発した、「イージー　ＩＮ　バス」という商品でした。これは、バスタブのサイドが開き、お風呂に入るときに車椅子から湯船にある座席に移るだけという画期的な商品です。扉を閉めてからお湯をためるという、逆転の発想をしたアイデア商品です。

しかし、お湯がはっていないお風呂に入ってから、お湯をためるのでは冬場は寒いはずです。

これを開発した会社の方とお話をしたのですが、この方法しかコスト関係で作れないとのことでした。この機械でも、150万円するそうです。これはこれで便利ですけど、家庭に作るにはギリギリの値段ですよね。

でも、やはり一旦湯船に入ってからお湯をためるのであれば、気温が低いときには絶対に寒いはずです。「風呂場に暖房を付けたら？」と、思われる方もいらっしゃると思いますけど、普通お風呂に入るには裸ですよ。いくら、暖房を付けていても、お湯が溜まるまで何十分も裸で待っているのは、肌寒いものは肌寒いと思います。このことが気になったので、

『湯船と床をフラットにしておいて、使用者が来たら、お湯をためた状態で、リフトを使って湯船自体を上にあげてくるのはどうですか？』

と、提案したところ、すでにそういう機械はあるそうです。ただ、コストの関係で家庭には無理なようです。

さらに値段を質問した所、1000万円から1500万円もするそうです。実際に、病院や老人ホームとかでは実現しているそうです。

『なら、湯船と床をフラットにするのは同じですが、人間だけを下げていくのはどうでしょう？』

と、新たに提案したところ、こちらは、

『人間だけを下げて行くのなら、コスト的にも可能かも知れませんね』

との、ことでした。

とりあえず、障害者側からの視点で見た、自動車とお風呂の面に対して具体的に書きましたが、健常者の視点から設計しているので、仕方無いと言えば仕方ないですけど、バリアフリーを考えたユニバーサルデザインというなら、もう少し考えて造りましょう。

子供達の無邪気さ

子供の能力。それは、見たものを失礼がないように脚色することではなくて、見たままの形をストレートに言う能力というのが備わっています。ところが、中学校に入学するくらいまで成長してくると、変な感情とかが入ってきます。あれは、駅のホームでの出来事でした。3、4歳の子が、

『お母さん、あのお兄ちゃん杖を突いてるよ』

一緒にいた母親が、

「そういうこと言っちゃ駄目よ」

と、そういう目で子供を見てから、僕に一礼して、足早に子供の手をひき連れ去っていきました。そういう態度の母親に腹がたち、子供の無邪気さに感心すらしました。

「あの子は、なんてストレートに物事を言うんだろう。うん！　杖を突いているのが俺だよ」

と、心の中で思いました。その子が、偏見《へんけん》を持ったとかそういうのじゃないんですよ。ただ、僕が杖を突いていたから、それを見たままに言っただけなんです。それが、きっかけで偏見《へんけん》を持ったらそのときに怒ればいいんです。

『偏見《へんけん》とかを持っちゃ駄目よ』

と、いうふうに親にしつけられるもんですけど、そういう態度を見て育つから偏見《へんけん》とかが育つんじゃないでしょうか。

もし、僕に子供ができたら、ありのままの事実だけをしっかりと見ながら、成長して欲しいと思いました。

では、もうすこし成長して小学校低学年生になったらどう変わるでしょう。

僕の母親は、両親が共働きの小学生の子供を預かる、学童保育ってところで働いていきます。そこの子供達と、町立図書館でばったり出会いました。その子達に話し掛けられました。

『お兄ちゃん、指導員さんの子供でしょ？　どうして杖を突いているの？』

ここまでは、見たままを質問してくる、さっきの子と同じ反応です。ところが、さらに質問は続きます。

『腰が悪いの？』

『へっ？　腰？　なぜ腰なの？』

『うちのおじいちゃん、腰が悪くて杖を突いているよ』

『なるほどねぇ。でも、お兄ちゃんそんなに歳はとっていないでしょう』

『うん。おじいちゃんより全然若いのに。なんか、竜宮場にいってきた浦島太郎みたい。あっ！　帰るみたい、さようなら』

『うん。バイバイ』

ははは、浦島太郎ねぇ……。たしかに、入院していた病院の看護婦さんとかリハビリの人達は美人でしたけどねぇ。でも、竜宮場にみたいなパラダイス生活じゃなかったねぇ。子供というのは、無邪気なのは可愛いですけど、それがこともあろうことか竜宮場ねぇ。う〜む！　座布団2枚！

僕に子供ができて、少し成長したら、あぁいうふうに楽しい子供になるように教育しようかしら。真面目だけじゃねぇ……。

車椅子の乗り方

退院を迎えた、3つ目のリハビリ病院で僕は見ました。なんと、車椅子を自由自在に扱っているんですよ。ウイリーは当たり前、そのまま前進したり曲がったりしていました。これを見て一言、

『凄ぇ……』

その病院の車椅子の人達は、かなり爆走していました。僕も、もし右半身不随がなくて普通に車椅子を運転できていたら、恐らくというか間違いなくあのように爆走していましたね。

でも、いくら車椅子があのように上手に運転できるといっても、やはり階段とか大きな段差は乗り越えられませんよね。

そこで、「ダンサスケット」という階段などの大きな段差を乗り越える機械が、ある福祉機器メーカーから発売されているんですよ。この「ダンサスケット」という機械を、大きな段差の前に取り付けておくことで、リフトによって乗っている車椅子自体を持ち上げる機械です。これによって、玄関や階段など大きな段差で車椅子を降りることなく乗り越えることができます。スロープなども考えられなくはないですけど、実際に僕が車椅子の調査をしに行った病院に、11度のスロープが置いてありました。この11度という角度は、そうですね、ちょっとした上りと考えて頂ければいいですね。

そこを、頑張って上ろうと思っていたら、後ろに下がってくるわ、後ろに下げるのを止めようと思って、車輪をつかんだら転ぶわで、それはそれは大変でした。なので、この「ダンサスケット」のような器械が必要なのです。

この「ダンサスケット」を開発した、福祉機器メーカーの方とお話です。

『この「ダンサスケット」は、階段とか大きな段差のときは車椅子生活者にとって、非常に便利ですよね』

『ありがとうございます』

『僕は車椅子生活じゃなくて、健常者と同じように生活していますけど、車椅子生活者にとって必要なことは、健常者と同じように自由にどこにでも行けることですよね』

『それはそうですけど、現実的には厳しいですね。我々は、「ダンサスケット」を開発しましたが、貴方があちらでお話していたような、車の乗り降りが自由にできる機械はありませんし、我々の開発した、「ダンサスケット」のように床を持ち上げて、段差の落差を並行に乗り越えるのではなくて、車椅子そのものがどんな段差でも乗り越えられる車椅子はありませんしね』

『そうですよね。車椅子に乗ったまま行動できるというのが大事ですよね。だから、僕が大学で行う卒業研究は、車椅子に乗ったままで、自動車を運転できる装置なんですよ』

『それは、頼もしいですね。頑張ってくださいね』

『ありがとうございます』

僕としては、

「あれ？　逆に励ましてもらったぞ？　それに、頑張ることは僕が一番不得手というか、嫌いなことなんですよねぇ」

とは、思いましたけど、それはさすがに言わずに、お礼だけを述べて退散してきました。

でも、本当に研究はしていますよ。さっき言ったでしょう！　「障害者だからこそ、思い付くことがある！」とね。

これ以外にも、例えば、どんな段差でも階段を自由に上り下りできる車椅子や、小さな前輪で進む方向を決めるのではなくて、大きな前輪でスリックタイヤのようにがっちりと路面をつかまえて、走行できる車椅子とかがあったらいいと思います。

そうすれば、健常者と同じような感覚で、街の何処にでも行けちゃいますし、駅のホームに上がるのも不自由しないし、ホームに上がってからも点字ブロックに方向を左右されずに進むことができると思います！　まぁ、1つ問題はあるんですけどね……。

前タイヤが、大きくなればなるほど、車輪を回して進む力も異様に大きくなります。

『前輪のサイズだけで？』

と、思う方もいるとは思いますけど、その車椅子の調査をしに行った病院にも、二周りぐらい大きな前輪を持った車椅子が、外出用として置いてあったんですよ。それに乗ってみると、二の腕が異様に疲れるんです……。

このことから、完全に自動ではなく、車輪内臓モーターや、モーターとドライブシャフトで、補助的に動力を使う車椅子で、なおかつ前輪が最低でも点字ブロックより幅のあるタイヤを持った車椅子があったらいいなと思いました。

杖の突き方

車椅子の乗り方は、もう書きました。では、今度は杖の突き方です。

僕の杖の突き方というと、かなりふざけています。以前、お話したように、杖を利用して女の子と仲良くなる方法とかもあります。でも、それはほんの一例です。他にも、けっこう便利な使い方はあるんですよ。

ネットで知り合った友達に、

『なんか、エイキチ君が杖を突いているって、イメージが沸かないんだけど。杖を使って、人を突っついているわけじゃないよね？』

『わはは。違うよ。でも、本来の使い方とは、大幅に違う使い方もマスターしたかな』

『えっ？　どういうの？』

『普段から杖を突いていることには違いないんだけど、例えば電車に乗って座るじゃん。でも、両端の人が詰めてきて、背もたれによりかかるスペースが極端に狭いときがあるでしょ？　そんときに杖を利用して、杖を足で挟んでグリップ部分に持つ部分にあごを乗せて、前傾姿勢でくつろいでいるよ』

『そんな使い方ってありぃ？』

『まぁ、普通の障害者じゃやってないだろうね。たぶん、障害者でこんなバカげた杖の使い方をしているのは俺くらいじゃないのかな』

とまぁ、こんな感じで、本来の使い方じゃない方法まで、研究の結果使えるようになりました。この使い方を見た、友達が一言。

『俺にも貸せ』

そりゃまぁ、女の子と仲良くなるとか、こんな便利な使い方もあったりします。

でも、いくら便利な使い方があるにしても、杖を突く障害者になりたいですか？　僕だって、本当はなりたくなかったです。でも、なってしまったものはしょうがない！　杖を突かなきゃいけない環境なら、本来の使い方以外にも研究していかなきゃ！

その研究成果の第1弾として、こんな使い方もあります。

それは、4人で飲み屋に行ったときです。ほぼ満席で、4人掛けのテーブルと6人掛けのテーブルしか空いていませんでした。

『お客様は、足が不自由なようですので、広いテーブルの方が便利ですよね。こちらの、お席にどうぞ』

とか言われて、6人席に通されます。一緒に行った友達も、

『これから、お前を連れてくるわ！』

う〜ん、女の子と仲良くなれる方法や、電車の中でくつろぐ方法以外にも、こんな便利な使い方があったとは。

でも、最近は杖が邪魔に感じていることもしばしばあるんですよね。

それは、小物を両手に持つときとか、電車に乗っていて、しかも片手に何かを持って

いる場合、もう一方の手でつり革を握るときに、杖はどうしたらいいんだろうと思うこともしばしば……。でも、杖の便利な利用方法のメリットを考えると手放せないですね。どうでしたか？　以上、僕なりの杖の突き方を紹介しましたけど、決して参考にはしないで下さいね。使用方法をよく読んで、正しくお使い下さい。

自動車の乗り方

僕の杖の突き方は、けっこうというか、かなりふざけていました。でも、こと車に関しては慎重に運転しています。冒頭でも、自動車の運転の方法については、ちょっと置いておくとしてのちほど書くといいましたし、この章でも車の乗り方について書きました。ここで書く話というのは、それとはちょっと趣向が違っていて、僕自身の自動車の運転方法です。

『半身不随の人は、どんな装置を使って、どういうふうに運転しているんだろう？　ハンドル操作やアクセル操作は？』

と、疑問に思っていた方には大変申し訳ないのですが、免許証には「原付運転不可」と記されただけで済み、ハンドルやアクセルの代わりとなる、ジョイスティックのような専用の装置もなく、ごくごく普通に運転しています。ただ、2輪は無理ですけどね。

重い物を支えることができないので……。もっとも、事故前も原付やバイクを運転しようとは思っていませんでしたけどね！　だって、雨が降ったら濡れながら乗ることになってしまうから……。ついでに、オープンカーも運転する気にはなりません。たしかに、晴れているときは爽快でしょう！　でも、雨が降ったら、いちいち雨よけの幌を出さなければいけませんからね。もし、そのような手間が要らず、自動的に雨よけの幌が付くような車だったら別ですけど、巻き込む風で眼鏡がずれてしまうので……。

ところで、僕は大学の入学時に、こみ込みで１００万円の自動車を、両親からプレゼントされました。かなり高価な入学祝でした。だからといって、うちが裕福な家庭というわけではありませんよ。どこにでもあるような、ごく普通の家庭です。

その車というのは、家族の中で僕専用の車です。しかも、事故前に車が大好きだったので、走り屋系の改造を施したある車です。マフラーは太く、車高は低く、ボディはそれなりに補強してあって、強化クラッチというクラッチが重いマニュアル車を運転しています。それ以外にも、改造は多数あります。

まぁ、車が好きじゃない人にしたら、うるさく、乗り心地は悪く、運転しにくいといった、三拍子そろった車でしょうね。同乗する友達は、

『お前って運転下手だよなぁ。こんなにゆれるんじゃタバコの灰も灰皿に命中しないよ』

と、言います。

『ありゃりゃ。それは俺の運転の仕方じゃなくて、車のサスペンションの構造の話なんだけど……』

『ふ〜ん。まっいいや。何でもいいから、お前の車はとりあえず乗り難い！！』

『……』

そして、妹にも、

『この車に彼女乗せているの？　なんか、乗り心地悪くてかわいそう。』

と、言われます。

まぁ、車に興味がない人にとってはそうなるでしょうね。でも、僕は車が大好きなので、少しでも走る性能をアップさせた今の状態の方が好きです！　その性能の全てを使えるかといったら、そうでもありませんけどね……。

それから、たかがマニュアルくらいでなぜ僕専用になっているかと言うと、家族の中でマニュアルを運転できるのは僕だけなので、僕専用車ということです。

そして、事故を起こしたからといって、車が嫌いになったわけではありません。事故前と変わらず、車は大好きです！　チャンスがあって、自分でお金を稼げるようになったら、バージョンアップを求めて、まだまだ改造を施そうと考えています。違う車種という手もありますが……。まっ、その可能性は限りなく大きいですが……。

そして、走るステージを公道から、速く走ることを目的とした、サーキットに移して、思う存分走り回ってこようと考えています。友達には、

『車に金をかけるのは、いい加減にしろよ……』

と、言われている僕です。だからこそ、

『今度事故を起こして、大好きな車を運転できなくなるわけにはいかん！』

ということで、この話の初めでも書いたように、とっても慎重になっているわけです！　事故前には、通称「走り屋」と呼ばれているように、かなりのスピードを持って走り回ることが大好きだった奴です。その結果が、今の半身不随という結末に終わりました。事故を起こしたとしても、スピードが出ていなかったら、この様な結末にならずに、車の修理費だけで済んだかもしれません。

よって、現在はただドライブが好きなだけの男です。自分が責任を持ってコントロールできる範囲で、ドライブを楽しんでいます。

この話を書いてみて思ったんですけど、障害にはあまり関係無いですね……。無理やり障害に関連付けるとしたら、最近できた「障害者マーク」なんか貼ってみてはどうでしょう。友達曰く、

『いくら障害者マークが貼ってあっても、マフラーが変わって、車高も低くて、おまけにブローオフ（ギアチェンジ時にプシューと鳴る装置）が付いている車は、絶対に優先しない！』

だそうです。

まっ、トラブル起こすのもいやだから控えておこう。

話が大幅にそれてしまいましたが、この話で伝えたいことはただ1つ！　障害に関係なく自動車は運転できるということを言いたかっただけです！　車を運転するぶんには、障害者も健常者もないですからね。

第3章　病院にて

入院の方法

ここでいう入院の方法とは、普通に発病した病気のことではないです。もちろん、入院する方法でもないです。リハビリ病院とかで、リハビリ治療を行っている場合の入院の方法です。

本来は、病気なんかを発症せずに健康であることが、なによりも良いことです。でも、不慮の事故とかにあってしまって、リハビリをしないといけなくなった場合がありますよね。そのときには、まず目標を作ること！　ネットで知り合った看護学生が、こんなことを聞いてきました。

『どうやったら、回復が早くなると思う？』

『う～ん、目標があれば早く回復する努力も自然にするし、そういう気力も出るんじゃない？』

と、答えました。僕に当てはめると、目標になってくれたのは、お付き合いしていた彼女達でした。

事故を起こして救急病院に担ぎ込まれたときには、そのとき付き合っていた彼女が毎日のように会いに来てくれました。

2つ目のリハビリ病院には、高速道路を使わないと来られない場所にあったので毎日というわけにもいかなかったのですが、ほぼ毎週のように来てくれました。

そのときの彼女には、3つ目のリハビリ病院に転院したときにふられてしまったのですが、あとでちょっと話してみると、その子は、

『私は、あなたが頑張らなきゃいけないときに離れていった……。ごめん……』

と言って、泣いてくれていました。

そんなことはないんだよ。起こさなくていい事故を、起こしてしまったこっちが100%悪いんだから。文字上になっちゃうけど、高い高速料金を払って遠い病院にまで毎週会いに来てくれて、改めてありがとう。

そして、3つ目の病院でできた彼女（リハビリの実習生）でしょう。そういうわけで、僕には入院中にもずっと目標になる女性達がいたから、回復に向けて頑張れました！

これは、僕の場合ですよ。くれぐれも注意してくださいね。なんでもかんでも、女性と

いうわけじゃないんです。

それは、例えば物であるかもしれないし、行動であるかも知れません。勘違いしないで下さいね。

僕の場合、「彼女を幸せにするぞ！」の意識で、自主訓練と称して病院の中をグルグルと歩き回るのをやっていました。ただ、問題は歩いているときに、看護婦さんとばったりトイレの前で出会ったのです。看護婦さんがいうには、

『歩くのはいいけど、君は何処を歩いているの？』

う〜ん、何も好きでトイレの前とか、臭い場所を好んで歩いている訳じゃないんですけどねぇ。たまたま出会った場所が、トイレの前だっただけですよ……。

さて、話が臭い話に移りそうな雰囲気だったので、元の話に戻します。そのときに僕の目標となってくれた彼女

達に、心を込めてお礼を言いたいです。回復するための目標となってくれたんですから！　心の底からありがとう。

2つ目の病院の人に、

『国リハはどうだった？』

などと、色々と聞かれているうちに思わず喋《しゃべ》ってしまいました。そうしたら、

『まぁ、なんて手が早い！』

う〜ん、手が早いわけじゃないんですけどねぇ。気が付いてみたらできていました。ただし、その子とは、退院をきっかけにバイバイをしたわけです。まっ、それもいいでしょう。この世に女性はその子だけじゃありませんからね！　欲しくないといっているわけじゃありません。そりゃ、僕も男ですから、女の子は好きです。いや、たぶん大好きです……。その証拠に、この文章を書いている間に、4人の女性とお付き合いしました。でも、僕のプライベートを明かすのはここまでにします。あっ、決して女好きというわけじゃありません。お気を付けください。最後の1人以外は、僕がポイチョされていますから……。

話は大きくそれてばっかりいましたが、最終的にこの話で言いたかったのは、目的意識がはっきりしていたら、入院してしまってもリハビリ最中でも、辛いはずの病気は、

それなりに楽しいんですよ！

通院生活

最後の病院を退院はしましたが、リハビリ通院という仕事が残っていました。どんなリハビリをやっていたかと言うと、ＳＴ関係のリハビリです。

ＳＴ関係といっても、医療とは関係無い人達にとってはぴんと来ないと思いますので、一応それぞれの分野のフルスペルを紹介しておきます。

読んで字の如く、喋《しゃべ》り方の回復を訓練する言語療法が「Ｓｐｅｅｃｈ Ｔｈｅｒａｐｙ（スピーチ・セラピー）」通称ＳＴ、手の動きを回復するために訓練をする作業療法を「Ｏｃｃｕｐａｔｉｏｎａｌ Ｔｈｅｒａｐｙ（オキュパーショナル・セラピー）」通称ＯＴ、足の動きを回復するために訓練をする理学療法を「Ｐｈｙｓｉｃａｌ Ｔｈｅｒａｐｙ（フィジカル・セラピー）」通称ＰＴと呼びます。福祉の勉強をしたわけじゃないので、正確には違うかも知れませんが、僕がリハビリを行っていた病院では、それぞれをこう呼びました。

久しぶりに、大学の友達と色々と話していると、

『リハビリってどんなことやるの？』

と、聞かれました。それに対する返答は、

『う〜んとね〜、俺がホームページの作り方を、先生とか一緒にリハビリを受けてる患者達に講義してる』

『えっ？　お前が？　普通逆なんじゃないの？　リハビリなんだし』

確かに、そうですよね……。

気になって、先生に尋ねてみると、

『「リハビリ」とは再学習のことだよ。「Ｈａｂｉｌｉｔａｔｉｏｎ」という「学習する」意味が語源になっているよ。「リハビリ」っていうのは、再学習のことで、「再」と付いているから、「Ｒｅ」が付いて「Ｒｅｈａｂｉｌｉｔａｔｉｏｎ」になっているんだよ』

と、説明して貰いました。

えっ？　そうなると、僕が教えているということは、僕の再学習は無し？

ここでいう「学習」とは、もちろん大学で勉強したはずの微分積分やフーリエ級数、ラプラス変換のことじゃないですよ。そんなの、微分積分はまだマシだとしても、専門的に習ったはずの今だって不得意というか、さっぱりですし……。障害者になって、社会の環境に対応するための学習です。

ところで、通院していた時期が、ちょうどＩＴ革命が流行っていた時期なんですよね。

ITとは、「Information・Technology（インフォメーション・テクノロジー）」の頭文字を取った略語だということは、御存知だと思います。

退院後、通院でやっていたのが、HPを作ったりするIT分野の講義じゃないですか。『病院だとSTとかPT、OTがあると思うけど、俺がやっているのは、ITだね！？』これを、一緒に外来通院を受けていた友達にいうと、

『ナイスボケ！』

そうかしら？　ナイスボケかしら。うん！　ギャグで褒められたからよしとしよう。

リハビリ通院でも、明るく明るく楽しくネッ！　やっぱり、いつでもどこでも、気分良く過ごしたいよネッ！

白衣の〇天使

病院で働いている人というと、医者や看護師さん、リハビリを担当する人達、ケアワーカー（介護者）、ケースワーカー（医療相談員）と色々な人が働いているんですが、ここでは看護師さんにまとを絞ってみます。

看護師さんで連想する言葉は、「白衣の天使」ですよね。患者達にとっては、優しかったり世話をやいてくれたりするので、たしかに天使なわけです。看護師さん達も働いて

いるときには、看護する仕事と割り切ってやっていると思いますけど、控え室とかで同僚達に見せる本当の素顔は、ごく普通の女性なんですよね。

ネットで知り合いになった看護師さんから、こんなメールを戴きました。

『私は、同僚とかに「白衣の堕《だ》天使」と呼ばれているよ』

このメールには、思わず大爆笑してしまいました。

僕も、入院最中に看護師さん達のお世話になっただけに限らず、リハビリの実習生とお付き合いしました。友達いわく、

『お前って、病院の人と付き合ったんだろ？　いいなぁ』

もちろん、お付き合いしましたよ。でも、仕事をするときに白衣を着ている看護師さんじゃないし、看護学生さんでもありませんでした。理学療法士（ＰＴ）の実習生だったわけですけど、リハビリを勉強しているだけの、普通の女性でしたよ。

まぁ、たしかに病院で働いている女の子というだけで、「白衣の天使」というイメージが定着しているかも知れませんが、天使なところはありませんでした。至って普通の女の子でした。知り合ったきっかけが病院内だっただけで、病院内だけに留まらず長く深くお付き合いしていき、よく知ればよく知るほど、たまに堕《だ》天使なところも……。ちなみに、その恋は終わってしまったわけですが、堕《だ》天使だったからという理由で終わった

わけじゃありませんよ。

こちらも、「白衣の○天使」な話題ですが、これもネットで知り合った看護師さんです。その方は、病院で働く看護師さんを集めて、「そさこいソーラン」を踊るグループを作っている方達です。自称「踊る白衣のぺ天使」だそうです。

踊ったりするのは個人の自由ですから何も言いません。しかし、僕の知り合いになった看護師さんは、「堕《だ》天使」とか「ぺ天使」とか……。せめて普通の天使になって下さい。患者たちが恐怖しますから……。

それから、「白衣の天使」っていうと、現状の日本ではどうしてもスケベな女性っぽいイメージが定着していますよね。実際に、イメクラやコスプレとかで「白衣の天使」があるのはそういうわけです。

これも、ネットで知り合った女性看護師さんですが、

『現状の日本で「白衣の天使」で連想する、そういうイメージって、なんか見下されているようで腹が立つ！』

これに対して僕が言った言葉は、

『うんうん！　本当は違うのにね。ただ、命を救う重要な仕事としてやっているのにね』

『そうだよね。私は、看護がしたかったら、そういう仕事に就いただけなのにね。白衣

を着ているっていうだけで、そう見られちゃうのには、本当に失礼しちゃう！』

このように、実際に白衣を着ている人達から、お怒りの声が上がりました！

僕は入院していたのでよく解るんですけど、入院していた、入院していなかったに関わらず、そういう偏見《へんけん》（あえて偏見《へんけん》）は、止めましょう！

針治療

病院への入院も通院も終わり、針治療に通っていました。日本でいうところの、病院とは「西洋医学」です。針治療や、接骨院は「東洋医学」です。あっ！　接骨院とは、西洋医学なら「整形外科」ですよ。わかりやすくいうなら、整体マッサージとかをしてくれるのが、東洋医学です。余計解りにくくなったかな？　まっ、そういうことにしておいて下さい。

さて、僕が思うに、西洋医学と東洋医学では、根本的な考え方が違っていると思うんですよね。

普通の病院とかでおこなっている西洋医学だと、壊れた所を元に戻すといった、患者としては受身な体勢で行っていると思います。ところが、東洋医学だと、例えば針治療とかだと、「針で神経を刺激して、壊れた箇所の復活を促進させよう」と、患者自身の治る力、つまり能動的な力に期待するんだと思います。
たしかに、個人差はありますが、東洋医学では、西洋医学では限界だった感覚とかが戻って来ています。あっ！　感覚を戻す医学と言った方が解りやすかったかしら……。しょっちゅう話が脱線しますが、しっかりと確実に本題はすすめます。その東洋医学です。退院当初は、バランス感覚だけではなく、感覚能力が失われていて、右半身の方が痛みとか熱さを感じませんでした。しかしながら、針治療を繰り返していくことによって、だんだんと、その感覚を取り戻してきたのです。

その針治療に通い始めた頃は、針を刺しても右半身の方は、余りというかほとんど痛みを感じませんでした。ところが、繰り返していくうちに、痛くなってきたのです。

痛みだけは、感じないままの方がよかったです。痛みだけを麻痺《まひ》させたまま、熱さだけでも感じ取れるように、復活させることはできなかったんでしょうかねぇ。

まぁ、痛みというのは、感覚が鋭くなったもので、なければないで困りそうですけど……。

ここで触れたのは、東洋医学についての僕自身の見解です。だから、西洋医学で治らなかったからって、めげることは無いはずです！　この針を打ってくれている、針灸士の先生からも、

『めげることはないよ。運動したら運動した分だけ回復していくんだから！』

と、言ってもらいました。

西洋医学だと安静が治療の基本ですけど、東洋医学だと身体を動かすことによって回復が促されるんですから！　もちろん、僕の入院当初のように動けないような場合は除きます。だから、しょっちゅう運動しています。たとえば、3時間くらい散歩をしてみたりスポーツ・ジムまで車が運転できなかったりしたときには、散歩を兼ねながら歩いて行っていたのですが、車が運転できるようになったら、よりたくさん通って運動しようとしています！

その針治療の先生に、

『人込みとかで、ふらつく人もいるんだけど、それは平気？』

と、聞かれました。でも、僕の大学は新宿駅西口の超高層ビル群の中にあるんですよ。だから、多少の人込みなら慣れています。

それに、たとえ人込みが嫌いだからといって、大学をサボっているわけにはいかないです。

ドラマな生活

以前お話した小林光恵さんが、片野裕美さんと書いた本で、このように言っていました。片野裕美さんも元ナースで、現在は執筆や看護学校の非常勤講師としてご活躍中です。さて、その本に書いてあった言葉ですが、

『看護婦には、看護婦の数だけドラマがある！』

ということを言っていました。確かにその通りでしょう。

でも、これって看護師という立場での意見でしょう。患者達にも、事情があったからこそ入院しているんです。

そりゃ、入院をしてなくて、看護師にもなろうと思わない人達でも、ドラマを語ろうと思ったらいくらでも語れます。普段の生活を、あたかもドラマチックに話せばいいだけですからね。ただ、語り易いというのが、命に関わる仕事をした、もしくは体験をしたりした人達というだけです。

そういう理由から、病院や障害者に関するドラマというのは、けっこうな量があるわけです。

今回の入院で、リハビリテーションの実習生と付き合ったのだって、すこぶる健康で

入院などしなかったらありえないことです。しかし、現実は事故を起こして入院してリハビリをやっていて、そこで知り合った女性と恋愛関係になったのです。これは、テレビで放映しているドラマに近い内容のことですよね。

でも、よく考えてみたら、ドラマチックでもなんでもありません！　以前も言ったでしょう？　僕の生活の舞台が、病院内にかわったというだけで、ごくごく当たり前の恋愛のことです。つまり、普通に考えたらドラマでもなんでもないことを、ドラマチックに書いているだけです。しかも、書き易かったから書いただけです。

また、1年半もの長い間、入院していた経験からこう感じました。

色々な病院が舞台となって、看護師さんと患者のドラマが繰り広げられています。僕のように、リハビリテーションの実習生と付き合えるような、TVドラマのような出会いが頻繁《ひんぱん》に起きているわけはありません。

ところが、TVドラマとかだと、事件を起こしたほうが面白いからと、出会いに限らずほぼ毎週のようにトラブルが起きていますよね。これを見た僕の感想です。

『毎週毎週あんなにドラマッチックなことが、必ずと言っていいほど、当たり前のように頻繁《ひんぱん》に起きるかい！』

気になったので、知り合いの女性看護師さんへ質問してみました。

『あるんだな、これが！　私もみんなから、朝倉（ナースのお仕事の主人公）もどきって言われているし。なんか、悲しいよ』

うぅ～ん。この人がいる病棟は楽しいんでしょうね。だからといって、看護師さん目当てでわざわざ病気になって入院するのも嫌ですよね。

健康でいることがなにより1番ですし！　この看護師さんも、こう言っていました。『退院を迎えた患者さんを、見送りに行くでしょう。そのときに、「今度は、病院外で会おう！」って言われるんだけど、本当にそう思う』

看護師さんもこのように言っています。このことを踏まえて、僕は次のような結論を得ました。

ドラマな体験をせずに、ごく当たり前に過ごすのが幸せなんです！　語ろうと思ったら、言葉巧みに、いくらでもドラマなんて語れます。かといって、TVドラマが全く駄目と言っているわけじゃありませんよ。あれはあれで面白いです。

今回は、現実の世界で、運良くというか、運悪くというか、そのドラマの渦中にいた僕ですが、今後はなるべくそのドラマに巻き込まれないように生きていたいものです。もし、ドラマチックな出来事に巻き込まれそうでも、これからは病院の外でドラマチックに語れるような体験をしていきたいものです。

第4章　○△□な問題

精神病

この章のタイトルを「○△□な問題」と決めましたが、○△□の部分は可変式で、書いた本人としては、医療問題をメインで書いたつもりなんです。お読みになっている人達が、それにあった言葉を当てはめて、その都度決めて下さい。といっても、医療とは、ほぼ関係無い社会問題も出てきますよ。

まず、初めに「精神病」です。「精神病」という病名は、実在してはいけないというか、正確には存在しないと言っておきます。

覚えている方も多いと思いますが、池田小学校で29人の小学生を刺して、うち8人を死亡させるという、とんでもなく悲惨な事件が起こりました。犯人について、なにかのスポーツ新聞に、『また精神病！』と、掲載されていました。

「精神病」というのは、強い信念を持てずにいじめられていたり、バカにされていたりしてそれを苦痛にして自殺したり、周囲に八つ当たりをしたりする人だと思います。後で詳しく出てきますが、挫折というものがない僕には到底信じられません。

「精神病」という病名は、精神に異常をきたした患者の病名が他にないから、世間とか医者が勝手にそう付けただけではないでしょうか？　僕だけの考えかも知れませんが、勝手に病名に仕立て上げているという理由から、「精神病」という病名は正しくないと思います。この事件を起こすような人達は、「精神異常者」もしくは、「精神弱体者」で十分です。

かといって、右で挙げたような事件を起こそうと思ったわけでもなく、ここに書いたようなことに該当せずに、精神的な病を患っている人達もいるかも知れません。そういう人達を、右に書いたような呼び方をしたら、それこそ差別になってしまいますもんね。

だから、「精神病」とひとくくりにしないで、それぞれの具体的な症状に合った、もっと具体的な病名を付けることをアドバイスします。

強い信念を持っていれば、周りからいじめられようともバカにされようとも、その人達より、

『強くなってやる〜！』とか、

『偉くなってやる〜！』

『幸せを見つけてやる〜！』

と、いじめた人達や自分をバカにした人達を見返してやる気持ちが生まれるはずです。

もし、精神の病名というなら、自分の内側で起こったことに対してのみ言えるはずです。

多少なりとも、苦悩はするはずですが、全ては自分の中にあることなので、答えも自分の中にあるはずです！　そして、絶対に克服できるはずです！

僕だって人間なんですから、超能天気人間といえども、悩みの一つや二つはあります。

でも、他人の力を借りながらも、結局は自分のことなので、自分でその問題を解決しようと思っています。

また、ある人が、

『私は、人が出した意見と自分で出した意見を比べて、どちらの方がメリットあるかって基準で選んでいるよ。選択するってことで人が出した案をとるとなると、自分に責任がないからネ』

と、言っていました。

僕は、この「自分に責任が無い行動」というのが、とても嫌いなんです
人の意見を鵜呑みにして、自分の人生を人任せにしてはいけないと思います。自分の人生なんだから、自分でできることは、自分で何でもやる方が満足する結果になると思います！

最後に、お亡くなりになられた方へ、心から御冥福をお祈りします。

差別や偏見《へんけん》

先に、僕が考える存在してはいけない言葉というのを書きました。では、実際に行われている医療問題について書いておきます。医療問題といっても、冒頭でお伝えしたとおり、具体的な問題は取り上げないというか取り上げられません。ここでいう医療問題というのは、気持ちの上での問題です。

つまり、リハビリの人達に関して、気持ちの持ちようについてはほんの少しアドバイスできるんではないでしょうか。もちろん、実体験からね。それなので、そのことについてのみ書きます

いくら仕事で一生懸命、頑張っているPT（理学療法士）でも、プライベートで遊んでいるときに、歩行スピードのチェックや歩行研究が入ります。それが、健常者ならまだしも、僕のような半身不随の障害者だったりすると嫌になります。実際に、僕もPT（理学療法士）の実習生とお付き合いしましたけど、そこだけは、人間として対等に扱われていなかったと思います。

『こういうのは嫌？　でも、仕事のためなんだからしょうがないでしょう』

と言われても、それは僕のように歩く人達にとって差別にしかなりません。「お願いだ

から、そういうことは病院内だけにして」という気持ちが働きます。差別と言われたくないもんだから、仕事という言葉に置き換えていますけど、置き換えているだけで、やっていることは同じことなんです。

これもネットで知り合った、医療関係者なのですが、こう言っていました、

『障害者って私にしてみると、不自由な所もあるけど、それ以前に環境とか制度とか偏見《へんけん》が、その人にとって障害な気がするんだよね。障害を持つことは、もっと自分自身に近くなるってことで、特別な意味じゃない気がする。

私は、自分が健常者だから悠長な考え方しかできないのかな？　介護なんて、結局は自己満足でしかないのかな？』

これに対して、

『ん〜とね、それは、一部分は合っているけど、一部分はちょっと違うと思う。

まず、最後に言った考え方についてだけど、考え方はそのベースや内容によって人様々だからね。健常者だろうと障害者だろうと、その人個人の考えだから違うのは当たり前だと思う。だから、どんなことを考えているのか解らないけど、少なくとも悠長じゃないと思うよ。

例えば、「障害を持った状態で何がどれだけできるか？」って考える人もいれば、「病

気や障害を持った人をどれだけ回復させられるか」と考える人がいると思う。ちなみに、俺は前者に属していると思う。

医者とか看護師さんや、リハビリ担当の医療系で働く人が後者だと思う。また、それでいいと思う。後者側の人間は病気を治す人達のことで、なるべく健常者と同じような生活を組み立てられるようにしなきゃいけないんだからネ。

んで、最初に言っていた環境とか制度とか偏見《へんけん》だけど、ありがとう。その通りだと思う。俺も、自分が障害者であっても、今の自分がけっこう好きだし！　なぜ好きかといわれると、杖を持っていると役に立つからじゃないよ。今の状態でも、事故前後の趣味はなんにも変わらなかったし、十分な幸せや楽しいことを見つけられるからね。幸福って、個人個人の感覚だと思うのね。その人の力量というか、状態によって左右されるでしょ。実際に、俺もこの状態でも幸福を見つけたもん！』

人を元の生活が送れるようにする人達なので、悪い人というわけではありませんが、医療系で働いているからこそ、特にリハビリの人達は熱心に仕事をやっていて知らず知らずのうちに障害者を見下したようになっていると感じます。それは、僕ら障害者にしてみたら、差別や偏見《へんけん》なわけです。その言葉に当てはまるのが嫌だからといって、仕事という言葉に置き換えても、やっていることは、差別そのものなんです。

じゃ、リハビリをしている人達が100％そうかといったら、そうじゃありませんよ！　医療系で働くということ自体は、人の命に関わる非常に重要な仕事です。いうなれば、立派な職業といえるでしょう。職業云々じゃなくて、あくまでもその職業についている個人の見方ですよ。

リハビリと障害者

『障害者は、リハビリをしなくてはいけない』

これは、どうでしょう。何を基準に障害者と言えるんですか。健常者とは違うからなんですか。それなら、みんな一様な人達でつまらない世界じゃないですか。かといって、障害は個性ではないです。個性を出したいからって、わざわざ障害者になりたいですか。なりたくないでしょう。「障害は個性だ！」なんて言いたくないです。個性を出したくて、なりたくてなったわけじゃないんですから。乙武さんがそのことを言ったと書かれていますが、とうの乙武さんは、

『言った覚えがない』

と言っています。

よって、正しくは「○○をするのに不便な人」と位置付けるのがよいと思います。で

も、僕はなにをするのにも、特にこれといった不便は全然ないです。ただ杖を突いているだけです！

言葉は悪いと思いますけど、冒頭で「頭が悪い（脳のバランス感覚や、筋肉をコントロールする神経が犯されている）」と、これ以上ないくらい適切な表現を使いましたよね。この文章で、「障害者」と名乗っているのは、僕の受けている障害を一言で言い表す言葉がなかったから「障害者」という言葉を使っているだけなのです。

僕の身体は、どこかに身体的特徴があるわけでもない人なんです。五体不満足な人ではなく五体満足な人です。だからといって、個性がないわけじゃないですよ。障害は個性のはずがありませんしね。このことも、のちほど具体的に書きます。

そして、「リハビリ」です。

この「リハビリ」というのは、先に言った通り「再学習」のことです。通院時に、人へHPの作り方を講義していたのだって、

『人に講義したり、コンタクト取ったりするのだって、言語訓練にはなるんだよ』

と、リハビリ担当の先生はおしゃっていました。

たしかに、教えるのは疑問ですけど、人とお喋《しゃべ》りをしたりコンタクトを取ったりするのだって、言語訓練としては良いはずです。入院生活で行っていた「リハビリ」も通院

生活で行っていた、言語に関する「リハビリ」も完全に終わりになりました。

ところが、色々な方に「リハビリ」と連呼されます。

「リハビリ」が終わったってことは、社会に適応できるってことなんですよ？　それでも、「リハビリ」って言葉を使うってことは、その方々には僕が杖を突いているだけで、社会には不適合ってことになっているんですよね。

そんなの、この先ずっと続くのは絶対に拒否します！　僕だって、経済的にも社会的にも独立して1人というか、奥さんができたら2人で生活したいです。今は、学生という社会的に守られた立場でも、これから、大学を卒業して社会に飛び出して独立した生活を組み立てて行くんですよネ！

杖を突いているからって、社会からつまみ出されて、就職も結婚もできないようじゃ悲しすぎます。

たとえ、障害者だろうが、1人の人間なんですよ？　1人の人間として、社会に適合できるようになったからこそ、仕事だってしたいし恋愛だってしたいんです！　病院の治療（リハビリも含めて）が全て終わった人達に「リハビリ」という言葉は、とっても失礼です。もう社会に適合できて、リハビリは必要ないんですから！　そこんところを、解って欲しいです。だから、「リハビリ」という言葉は大嫌いなわけです！

言葉の問題

タイトルは、「言葉の問題」となっていますが、あきらかに医療に関する問題です。ここで登場するのは、看護師（元正看護婦）と准看護婦と看護婦と看護士です。そして、介助と介護という言葉の違いです。この話に限り、看護婦と看護士と使い分けています。まず始めに、看護師（元正看護婦）と准看護婦についてです。どちらも病棟で働く看護婦さんです。仕事内容はほとんど変わりません。差があるとすれば、給料位じゃないでしょうかね。経営者にとってみれば、安く大量に雇うことが出来るので助かるかも知れませんが、准看護婦にしてみればやっていることが同じで、頭につく言葉が、「正」か「准」の違いだけで、おおよそ月に4～5万円の給料の差が出てくるという悲しい結果になります。僕が入院していた病院にも、准看護婦さんはいましたが、やっていることは全く同じでした。しかし、看護師さんの中にもこんな腹が立つようなことを言う人がいます。

『正看と准看では、医療に対して学んだ論理のレベルが違う！』

じゃあれかい？　准看だったら、看護する人の命に対して、責任が小さいということですか？　そんなことはあり得ないでしょう！

調べた結果、准看護資格とは、戦後に金銭問題で高等学校に進学出来なかった人達のために、中卒でも看護の資格が取れるようにと作られた資格らしいです。今、高校に進学することが当たり前の世の中なのに、まだその資格が残っているなんておかしいです。時代錯誤も、はなはだしい限りです。その道のプロフェッショナルも知り合いの看護師さんも言っていますが、実際には准看護師も看護師と変らない看護医療を行っているようです。やっていることが同じなら、そのシステムを廃止にして、現在准看護婦として働いている人達は、何年以上勤務したら看護師に昇格するようなシステムに改正するべきだと思います！　でも、時代錯誤もはなはだしいシステムが廃止され、看護師のみとなる方向で、看護協会などは動いているようです。ただ、経営者側となる、医師達で構成されている医師会は反対しているようですね。安い給料で大量に雇えて、尚且つ作業自体は、正看でも准看でも同じですからね。

また、准看護婦として長年働いているとしても、看護師へ昇格にはならずに、准看護婦移行教育として、看護師養成所で教育を受けてから、国家試験に臨むことが必要らしいです。国家試験は大変そうですけど、移行教育については、実際に働いている准看護師さんの希望が、二十代や三十代の若い世代の方で6割と高いようです。それだけ、本気で看護をしたいという気持ちの証明です。

その際、ネックになってくるのは、移行学習の間の特別休暇などです。これは何かのアンケートを見ましたが、国家試験を受けるための移行教育において、取れる時間は1時間以内と凄く少ないようです。これで「国が実施する試験に受かりなさい」という方が無理な話でしょう！　大学の試験みたいに、昔の僕みたいに、一夜漬けで合格するほど甘い試験じゃないですしね。そんなわけで、病院の経営に口を出せるほど凄い人間じゃないですけど、「本気で看護したい人の芽を摘まないで欲しい！」と思うこの頃です。

次に、看護婦と看護士についてです。最近、病院で働く人に、医者やリハビリの人達、栄養士だけではなく看護する人として働く男の人も増えてきています。俗に言う、「看護士」です。でも、現在病院の病棟内で働く人は、圧倒的に女性が多いじゃないですか。これって、変だと思いませんか。看護するのに男女の違いってあると思いますか？　そりゃ、体力の問題とか排尿や入浴の介護の問題はあるので、ないとは言い切れません。体力だけだったら、女性より男性のほうが圧倒的に強いので仕方がないです。でも、体力ではかなわないかわりに、気配りや心使いでは到底男性が女性にかなうはずがありません！　別に、女性を持ち上げているわけじゃありません。その証拠として、よく看護婦さんたちは優しいといわれていますが、それはビジネスであってプライベートじゃないんです。仕事だからこそ、優しいんです。こういって、全国の看護婦さんの反発を買ったらどうしよう……。一応、フォローしとくと、もちろんプライベートでも楽しくて優しい人はいますよ。

本題からそれましたが、「看護士」、「看護婦」って言葉があるなら、「弁護士」、「弁護婦」って言葉はありますか。もっと例を挙げるなら、「栄養士」、「栄養婦」、「代議士」、「代議婦」です。探せばもっと出てきます。

だけど、弁護士なら弁護士、栄養士なら栄養士のように、呼び方による男女の区別がありませんよね。現在、看護する人達に女性が圧倒的多数なのは、「看護とは女性がするもの」っていう固定観念があるからです。

2002年3月から男女の区別がない、「教師」や「薬剤師」と同じように、「看護師」と法律でも制定されました。これには、大賛成です。やっぱり、看護するのに男も女もないんですからね。

でも、現実問題、実際に働いている人達にとっては難しい問題ですよね。看護婦さんにしてみたら、その病棟のトップである婦長を「師長」と呼ばなければなりません。でも、実際は、今までの呼び方と同じように、「婦長」とよぶわけです。また、それを目の当たりにしている患者達も、『ちょっと、看護師さんきて』というふうに、「看護師」なんて呼び方は出来ずに「看護婦」となっているわけです。

当の看護婦さんたちは、看護師という呼び方に違和感はないと聞きます。プロフィールとかの欄には、「看護師」と名乗る看護婦さんたちも増えていますからね。

ぜひこれからは、看護婦さんでも看護士さんでも、「看護師」と呼びましょう！　小さなことからコツコツと変えていけば、きっと常識も変わるはずです。だから、この文章でも、「看護婦」と使わずに、「看護師」を使っています。あっ！　だからといって、病気になって入院することを勧めているわけではありませんよ……。くれぐれもご注意を。

最後に、「介助」と「介護」という言葉の違いについてです。いや、人によっては、同じ意味とする人もいます。そして、実際に仕事で介護をしている方は、『「介護」っていうのは、「介助」と「看護」から出来た造語だよ』と、言っていました。

しかし、ちょっと考えてみてください。介助や介護の「介」の字は、対象となる人に対して援助する人が介するという意味で使われています。

部分別に見たらお解かりの方も多いとは思いますが、助けるという意味の「助」と護るという意味の「護」です。「助」というのは、助けるということなんですから、対象となる人がアクションを起こして、それの補佐的な援助をするということです。

それに対して、「護」というのは、護るということなので、完全に色々なことをしてあげて、アクションを起こさなくても問題はないということです。

つまり、介護と介助は両方必要なのです。対象となる人が、アクションを起こすきっかけを与えるのが介護で、アクションを起こしてから必要なのが介助なんです。言っている本人がどうまとめようかわからなくなったので、この辺でこの話を終ります。

IT問題

IT革命を境に、手軽で、しかも頻繁《ひんぱん》にメールを使えるようになりました。このようにメールのみで会話ができるというのは、様々なビッグチャンスに出会ったり、ホームページを見て情報を得られたりするので非常に便利なものです。しかしですね、IT革命といっても色々な問題はあるんですよ。ここでは、僕に実際に起こった問題です。

メールで情報をばら撒いたりしていると、このような問題が出てきます。原作をホームページに掲載していたときに、それを読んで送られてきたメールです。

『インターネット上だと、姿が見えないんだから、障害者ってことをぶちまける必要はないいんじゃない？』

たしかに、インターネット上だと姿形が解りません。極端な話になりますが、何かの世界記録を出したとか、ギネス記録を破ったとかだって語れるじゃないですか。だからこそ、なるべく正確な情報を伝えようと、「僕は障害者です」と、公表しているのです。

でも、障害者本人にも問題はありますよね。障害者ってことが、そんなに恥ずかしいことなんですか？　マイナスなことなんですか？　もし、障害者本人にもそのような考えがあったとしたら、それはつまり障害者本人が偏見《へんけん》を持っているっていう証拠です！

僕は、それを打ち破りたくてホームページを開設したりこの文章を書いたりして、事実を克明に打ち明けたのです。

それは、僕にとって当たり前のことで、恥ずかしいことでもなんでもないんですから！　後ほど言うかもしれませんが、障害者になってしまったっていうだけで、悩んでいるような男じゃないです！　そんなに小さいことでうじうじ悩んでいるんだったら、それこそ「精神病」になってしまいます。

次に、最近流行っているメル友です。これはお解りのように、メールのみの友達です。でも、会話がメールのみだなんて、なんか味気ない気がするんですよね。

例えば、お正月。年賀状というものを出さないで、メールのみで、

『あけおめ！（あけましておめでとうの意）』

といってきます。年初めの挨拶をしてくれるのはありがたいんですが、なんだか味気ない気がするんですよね。

『年も明けたしめでたいから、実際に遊ばない？　色々と話したいこともあるし』

『話ってなぁに？　実際に会わなくてもいいじゃん。メールで色々と話しているしね』

と、友達といえども味気ない結果に終わってしまいます。

まっ、確かに年が明けて何がめでたいのかよく解りませんが、ネットだと正確な情報が伝わりにくいし、メールのみだと感情というものが一切ありませんから！

『感情もあるよぉ』

と、言う人が増えましたけど、もし、自分にとって嫌なことだったら、無視しているとか、アドレスを替えちゃうなどの手段を取ればいいだけなんですから。それは、本当の友達ですか？　それが、IT革命によって引き起こされた問題だと思います。つまり、チャンスも増えましたが、不愉快になる機会も増えました。

後半部分は、障害とはなんの関係もないですけど、ネットのみに頼るのは止めましょうね。ネットで知り合うのは、きっかけに過ぎないということを前提にしましょう！そのきっかけを利用して、今までの彼女に出会っている僕が言える筋ではないですが……。

それと、もう1つ！！　ネットだからって、面倒臭がって、日本語を省略するのは止めましょう。僕も、多々チャットには出没しているんですが、文章を書いていることもあって、綺麗だねと言われることが多いです。いや、綺麗なのは日本語です。

そりゃ、誤字脱字は多い方ですけど、日本語を大事にしたいということもあって、日本語は省略しないで打っています。

第5章　社会福祉

ノーマライゼーションについて

4章の最後の方は、ちょっと障害から外れた話題になりましたが、一応戻しておきます。今後も、今後も、外れる話題があったとしても、なるべく気にしないようにお願いします。

ここ最近、ノーマライゼーションやQOLが発達してきました。この理念は、僕ら障害者にしてみたら大変ありがたい思想です。

まず、ノーマライゼーションについて書きます。QOLとは、〝Quality of life〟の頭文字を取った言葉です。QOLについては、次の話で大きく取り上げます。

さっそくですが、ノーマライゼーションとは、1969年にデンマークのバンク・ミッケルセンによって、

『精神遅滞者にできるだけノーマルに近い生活を提供すること』と、提案された基本理念です。この一文でわかるように、初めは精神に関する言葉でした。それが、現在では、

『肉体的、精神的に問わず、障害者を障害者として扱わず、一人の人間としてみること』と、変わってきました。つまり、障害を持つ人が、その人が生きてきた生活水準で、普通（ノーマル）に生活することを訴える言葉です。たしかに、身体に障害を持った状態で就職活動を10年前や20年前に行った様々な人が、

『現在は、ノーマライゼーションやQOLが発達してきたし、法律で1、8％の従業員を障害者にすることって決まったから、昔に比べたら幸せだよ』

と、言います。そりゃ、10年や20年前に比べたら、障害者に対する理解が、社会全体で変わったから少しはましになったはずです。

しかし、このノーマライゼーションの理念が、完全に実現されているかといえば疑問が残ります。異性間でも感じますし、社会でも感じます。異性間の問題はひとまず置いておいて、僕も実際に就職活動をしていて感じました。

「個人」対「企業」ではなくて、「個人」対「福祉団体」みたいな図式になっているわけです！　昔だって、差別をしない企業だってありましたし、偏見《へんけん》や先入観を持たない

人達だっていたでしょう？　そういうことなら、昔は「個人」対「企業」、もしくは「個人」対「採用担当者」となるので、就職活動をしている人の方にも問題があったと言わざるをえません。また、そういう意味なら、昔の方が良かったでしょう。

障害を持っている僕がいうのもあれですけど、採用してもらえないのは、個人としての力量不足です。それを、障害のせいに置き換えているだけです。だからといって、僕が余裕で内定が決まったということではありませんよ。その就職活動については、またのちほど書きます。ここで書く就職活動というのは、障害者を受け入れようとしない企業ではなく、障害者雇用を、積極的に進めている企業での話です。でも、そのような企業は障害者枠というのを設置し、障害者雇用を進めています。それが、ノーマライゼーションの理念にそっているんですか？　そうじゃないでしょう！　障害者には、選択権というものはないんですか？

健常者と同等に会社を選択して、希望の会社で働くことが真のノーマライゼーションでしょう！　それに、そういう福祉団体が開催した会社の合同説明会に行くと、

『君達は、障害者だろうけど、自立したいらしいね？　うちの会社では、障害者も採用しますよ』

こんな感じの意識が見えます。もちろん、採用の人の考えと僕の考えでは、落差があ

るでしょうけどね。

でも、そこには自分が行きたい企業というものが存在しないんです。それでも、就職したいと言うと、現在の社会では、すぐそれに結び付けるんです。もちろん、行きたい企業があったなら、それに参加しますよ。僕が希望しているような企業へ就職するのに方法は問いませんからね。その企業と僕、双方に利益になることを伝えたらいいんです。きっかけとして、そういう障害者雇用を積極的に進めている企業の説明会というものを選択しているだけです。

でも、無い場合が多いのと、できればそういうものを選択したくないので、個人的に就職活動をしています。でも、前述したような事例があるでしょう。そのことがネックとなって、障害者である僕が就職活動を進めようと思っても、にっちもさっちも前進しないんです。

企業の採用情報の選考方法を見ると、〝個性を重視する〟というような言葉が、必ずといっていいほど書いてありますが、それはまるっきり嘘ですね。

だからといって、前述したように、障害が個性だなんてくだらないことは言いません！　それになったこと自体は、決していいことじゃないですもん！　個性がないからといって、わざわざ障害者になる馬鹿はいません。だから、「障害＝個性」ではないのです！　このことは、別の話でさらに詳しく書きます。

個性を見るって、〝障害の有無に関係なく見る〟ということじゃないんですよね。まず、健常者であることが第一条件で、その上で個性を見るんですよね。それならそうと、採用情報にも、〝障害者は採用しません〟と書き加えておいて欲しいです。ただし、そうなると差別をしている会社となってしまって、現在の社会における大部分の会社の経営方針とは違いますし、会社にとってマイナスイメージを持たれてしまうから書いてないんでしょうけどね。といっても、

『あなたの会社は差別をするのですか？』

と、もし聞いたとしても、優しく断る言葉はいくらでもありますからね。

これも、先に書いたことになりますが、障害者になったことはいいことではありませんん。しかし、健常者には思いつかない新たなアイディアを思いつくこともあります！

つまり、僕にとって右半身不随とは、メリットにこそなりますが、決してデメリットにはなっていないんですよね。

ただ、周囲の人達がデメリットにしたがるようで……。

ＱＯＬについて

先程、次の話で書くと言っていた、〝Ｑｕａｌｉｔｙ ｏｆ ｌｉｆｅ〟です。どういうものかというと、生命のクオリティー……。しまった、直訳したまんまだ……。えぇと、人間の尊厳を大事にした生活の質のことです。生活の質を獲得する条件としては、

1、個々人の欲求を満たしていく際、その個々人の自立性や主体性が保たれていること。

2、生活を営む社会集団に属する、成員間の生活格差が大き過ぎないこと。

3、生産システムと生活システムの独立性が保持されていること。

などであります。

実は、色々と僕なりに調べてみるまで、ＱＯＬというのは、ノーマライゼーションと違い、自分だけの問題だと思っていたんですよ。ところが、この条件に照らし合わせて考えてみると、2番の条件があるじゃないですか。そして、ある看護師さんも、

『キーパーソンとなるのは介護される側だけど、その人を支える人がいてこそＱＯＬは成り立つんだよ』

と、言っていました。周囲の人によって決まるという意味では、ノーマライゼーションと大きく似た意味になります。

また、この条件にもあるように、生活を営む生活集団、つまり年代とか性別や性格によって大きく変わるのも事実です。

介護される側が、何を選択して、何を突き詰めたいかということになるんですよね。自分が好きなものを選択して、それを突き詰めるのが自主性であり独立性でもあり、即ちクオリティーでしょう。そこに、1人の人間として見てもらえるか否かという、ノーマライゼーションが大きく関わってきます。

でも、これは僕が自分で好きなことを選択して、一般的に考えられるほとんどのことは、自分でできるから悠長な考え方になるんですよね。実際に、ターミナルケアをしている看護師さんが言っていました。

ターミナルケアというのは、末期症状患者の介護のことです。といっても、「死の看護」ではないですよ。短い時間で、どれだけの看護ができるかというようなことです。だからこそ、QOLが重要なんです。話を戻すと、色々と会話していくうちに、こんなことを言われました。

『それは、あなたみたいに、例え半身不随を患っていても、自分でできる人達のことでしょう？　でも、私がやっているターミナルケアでは、意識も混濁している患者が多いからね』

そうなると、やっぱり介護される側とその方を介護する方が、歩み寄ることが重要になってくるんですよね。この条件にもあるように、生活格差が大き過ぎないことに当てはまるんではないでしょうか。

たとえどのような状態になっても、最後まで明るく楽しく、人間らしく生きたいですもんね。

以上、僕なりの解釈の方法で、ノーマライゼーションとＱＯＬについて語ってみました。

認めるか挑むか！

障害者と呼ばれる人に対して、法律が定まりました。それは、障害者と呼ばれる人にとっては、一見ありがたいような法律にも思えます。しかし、現実にありがたいかといったらそうでもないです。先にも話しましたが、健常者側にも問題はあります。だからといって、健常者だけが悪いとは言えないです。

その法律を、ありがたいと受け入れて、それに甘んじている方も悪いのです。なぜかというと、それでは保護された人間、つまり社会的地位が健常者より下の人間にしかならないからです。

僕に関していうならば、そのような法律の受け入れは断じて認めないで、このような文章で提案していきます。だから、僕個人の就職も独自に行いました。これについては、のちほど書きます。話は少し戻って、正確には「挑む」という言葉の使い方は間違っていますね。正しくは、「提案」ですね。実際に戦うのは、この問題を正確に受け止めた人達ですからね。もちろん、僕もぜひそういう戦いがあったら挑みたいです。今は地位も金も名誉もないので、このように提案するだけに留めておきます。

話を元に戻すと、現状の日本の社会では、そのような法律でしょう？　チャンスすら与えないで、国が定める保障制度で満足していればいいのだという考え方です。しかも、それが法律としてはっきりと明文化されているんです。

いや、チャンスは与えているんです。ただ、それが健常者と同様でないことに問題があります。それはつまり、障害者雇用といって、

「全体の社員の何％は、その会社の規模によって障害者を雇わなければいけない」

このような感じの法律です。これは、どうかと思いますね。「弱者を救済せよ」みたいな、同情ともとれる法律を国家レベルで定めているんです。

企業側もその法律があるからと、その為だけに障害者と呼ばれる人を受け入れているんでしょうね。そりゃ、できたら入れたくはないでしょう。その受け入れたくないが為に、バリアフリーの作りじゃないとか、色々あるわけですからね。企業の中には、受け入れたくないがために、その法律を無視して、障害者だからという理由で、障害者をはじきとばしている会社もあるんです。この就職活動については、のちほど触れます。

でも、保障だと、僕はというか人は満足ができると思いますか？　少なくとも僕はできないです。保障ではなくて、自分がやりたいことをするというように、きっかけからチャンスをものにできるような社会に変えたいです。福祉系の学校では、『障害者に、もっとチャンスを！』

と、教えているそうです。そのきっかけやチャンスを健常者と同様に獲得する為にも、この文章で訴えているんです。つまり、誰の為でもなく、僕が自分の生きる場所を獲得するためだけに、この文章を書いています。もし、就職活動とかで研修等に行き、その結果不採用だとしたら、もしくは、それを評価されなかったら、僕の力不足だったと思えます。

しかし、研修等には行かずに、ただ右半身不随だからというだけで、チャンスすら頂けないのはねぇ。そのきっかけやチャンスを生み出すはずの、この文章がなぜなかなか日の目を見ずにいたかというと、理由は簡単なのです。僕にお金がないから！　そのことについては、また別の話で書きます。

障害福祉賞

今回、登場するのはＮＨＫが主催している障害福祉賞です。

この賞を設置した目的は、ハンディを背負った方が、つまり僕のように右半身不随の障害（右半身不随の障害だけじゃありません）を負った方が、そのハンディを乗り越えて、社会に参加した経験を綴った文章が面白ければこの賞が与えられて、その経験を元にご活躍なさるという趣旨で作られたそうです。

でも、なぜこの賞が必要なんですか？　いや、なぜこの賞に「障害」と付ける理由があるんですか？　ただの福祉賞とか、文学賞のノンフィクション部門だったらいいんですけど、そこに障害と付ける意味はないでしょう。

それって、逆の見方をしたら、障害者自身が自分は健常者より下だって認めているようなもんなんですよね。自分はこんな障害を持っているけど、この環境でここまで頑張っているのを、文章にまとめたので、それを認めてもらいたいとか、評価してもらいたかったから、このような賞に応募するんでしょう。そうじゃなくて、まず自分が自分を好きになること！　もちろん、僕は何回もいうように、自分で障害を認めて、その自分が大好きです。

確かに、僕の例を見ても障害を持っていると、文章を書きやすいんですけど、『自分はこんな障害者です。こんな経緯で障害者になりました。でも、その環境で頑張っています』

こういう内容の文章が意味ありますか？　その人がかわいそうって思うか、感動があったとしても、それはマイナス方向のベクトルがあったけど、それをプラス方向のベクトルに変えたとかそういうものでしょう。

この文章を書いている僕がいうのも変なんですけど、この文章を書いている理由は、僕のことを知ってもらいたいからじゃなくて、現在障害者が置かれている世の中に訴えるメッセージなんです。「自分は右半身不随だけど、こんなに頑張っているんだ！」じゃなくて、社会に変って欲しいんです。

この賞を受賞した人が悪いんではないです。受賞した方達は、その環境で立派に1つのことを成し遂げた方ですからね。ただ、この賞に、「障害」って付いているのがどうかと思うんです。いくら社会が超高齢化社会を迎えて、人が年齢と共に障害を持つといっても、なんでもかんでも障害って付ければいいってもんじゃないでしょう。

僕だって賞は欲しいですけど、生意気な意見ですが、この障害福祉賞という賞だけはいらないですね。例えば、障害に関係なくても取れる賞ってあるじゃないですか？もし、この僕でも賞が取れるんだったら、そういう賞を望みたいです。ただし、僕にはほぼ間違いなく無理だと思いますけどね。

第6章　僕の生活

生活はどうなってるの？

冒頭で、どんな障害を受けたか、あるいは持っているかを書きました。でも、健常者と変わらない生活を繰り広げているとも書きました。でも、生活しているのではなく、やっぱり生活を営んでいるではなくて、繰り広げているんですよね。苦労は無いとも書きましたが、健常者のままではしなかった苦労とかが、ちょっとはあるわけです。

例えば、部屋で転んだり、お酒を飲んでふらつきが多くなったりします。

お酒を飲むってことは、個人的な楽しみだからなんともいえませんけど、部屋で転ぶっていうのはどうしようもないことなんです。まぁ、注意不足といわれれば、それで終わっちゃいますけど……。

ある日、部屋で転んでどうしても痛みが引かないから、整形外科に行ってみたんですよ。それで、レントゲンを撮った結果、右手中指の剥離《はくり》骨折と診断されました。診断結果が出てから、急に痛みが増してきたことはいうまでもありません。

治療方法としては、薬指を添木状態にして中指を動かさないように固定するという、単純な治療方法がとられました。この治療方法のおかげで、ギブスをまくこともなく、大げさにならずに治療できたのですが、やはり包帯は必需品で、水に濡らしてはいけないという条件が付きました。お風呂は、ビニール袋ですっぽり覆って包帯を巻いた右手の方を上にあげた状態なら入ることができました。

もちろん、片手が使えないわけですから、

『お母さん、お風呂に入るから、右手をビニール袋で包んで』

と、親に頼みます。ところが、持ってきたビニール袋を見て唖然となりました。なんと、ゴミをまとめておく、半透明のひたすら大きいゴミ袋を持ってきたのです。

『骨折して巻いた包帯を濡らしちゃいけないからって、身体の何処を骨折していてもそんなに大きい袋はいらないと思う……』

転んで骨折して包帯を巻くような事態になると、こんな天然ボケな親に付き合わないといけない苦労も出てくるから、やっぱり気を付けて生活しないと……。

骨折より、天然な親に付き合う方が一苦労です。

親と書きましたよね。実は天然な親は、母親だけではないんです……。

母親の実家、青森市まで冬場だったら雪だらけなので、新幹線で行くじゃないですか。そうすると、長い道のりですから、車内販売とかがてくるわけです。それにいち早く気付いたのが父親で、

『コーヒーを飲むか？』

と聞いてくれたのです。

『うん』

『熱燗《あつかん》？　冷？』

『熱燗《あつかん》』

ここで、僕はふと思ったのです。「熱燗《あつかん》って、日本酒のことじゃない？」と……。しかし、時既に遅し。車内販売でやってきたおねえちゃんに、

『おねえちゃん、ホット2つ。1個は、向こうに渡して』

「良かった……。販売員にまで、熱燗《あつかん》っていうんじゃないかと思ったよ」

と、あせっていたのは言うまでもありません。

以上、両親の天然なところを書きました。この2人に育てられた僕も、やっぱり天然な生活をしているんですね。

しかし、ここに書いたことをよく考えてみると、あんまり障害とは関係ないです。でも、やっぱり繰り広げちゃうんですね……。つまり、障害があろうとなかろうと繰り広げるってことですね。よく考えてみると、事故前とあまりというか全く変わらない生活です……。どうしよう……。まっ！　毎日が楽しいから良しとしよっ！！

ぽかぽか陽気

まず初めに言っておきます。ぽかぽか陽気といっても、僕の頭の中身じゃありません。くれぐれもご注意を。

ぽかぽか陽気ときいてまず連想するのが、晴天ですよね。次に、穏やかな気温。穏やかな気温といえば春でしょう！

春といえば、花粉症……。穏やかな気温や晴天というのは、僕にとってとってもありがたいんですけど、この花粉症だけはとってもきついです。

僕は、ここ10年来の花粉症です。毎年春になると、「ぐじゅぐじゅくしゅん」という

状態になります。しかし、これでもずいぶん良くなった方なんです。昔、あるテレビで、

『花粉症はおおよそ10年で免疫力が付く』

と、言っていましたから！　小学生のころは、「ぶぁ・ぶぁ・ぶぁっくしょん！」と、凄まじいくしゃみはするわ、目はこすって真っ赤になるわで、それはひどいありさまでした。

事故後迎えた、初めての春。花粉症はだいぶおさまったのですが、やっぱり春になると、「くちゅん」というなんとも男らしくない、可愛らしいくしゃみが出ます。くしゃみ自体は可愛げもあってまだいいのですが、くしゃみをするたびにバランスを崩しそうになります。そのとき座っていればいいんですけど、花粉症のくしゃみって、ところ構わず出るじゃないですか。特に、外を歩いているときが最もきついです。

よって、くしゃみが出そうになるたびに、立ち止まってくしゃみが出るのをぐっと待ち構えています。春になると、このせいで歩行スピードがとっても鈍るんですよ。するとどうでしょう。待ち構えていると出ないんですよ。「こりゃ出そうにないな」と安心して歩き出すと出るんですよ！　これって、どうゆうことなんでしょう。自分の身体にまで裏切られるなんて……。

ところで、うちの母親も花粉症です。毎朝、母親と2人して、くしゃみの共演をして

います。これを見た妹が一言、

『2人してくしゃみして、うざい！　そんな鼻なら取っちまえ！』

これを聞いて、毎年僕が思うこと。

「うぅ～ん……。取ってもいいかなぁ……。取り外しできる鼻って売ってないかなぁ」

でも、今年から新たな決意が加わりました。

「ないよなぁ。俺が、開発しちゃおうかなぁ。俺みたいな障害者でもバランスを崩さないから、これもバリアフリーの一部に入るのかな？　うん！　障害者が考えるバリアフリーというテーマと一致するぞ！　よし。目指そう！」

どうぞ、バカとののしって下さい。

ジトジト陽気

ぽかぽか陽気については、先程書きました。ぽかぽか陽気は、僕の頭の中じゃないっていうことが最も重要で、僕は10年来の花粉症だということです。今度は、ジトジトな天気、つまり雨降りお天気です。

雨降りということは、傘が必要です。まぁ、運良く大学までは、電車から地下道と傘要らずなので、雨が多い梅雨時も駅までは親が仕事に出かけるついでに送ってもらい、問題なく手ぶらで通っています。

しかし、人と待ち合わせをしたりすると、当然大学じゃないので傘が必要となります。といっても、電車で目的地まで行く場合ですよ。普段の足は車を使っています。これは、地元の話です。でも、都内まで車で行くにはガソリン代やら高速道路の代金やらで、車で通学する経済力はありません。

傘の話に戻すと、僕にとって雨降りで傘をさすというのは、けっこうな重労働になるんですよ。いや、体力を使うという意味の重労働ではありませんよ。体力的には、傘ぐらいの重さならなんの問題もありません。精神的な重労働ということです。

僕ってほら、杖を突いているじゃないですか？　そうなると、杖を突いていない、空いたほうの手で傘をささざるをえないんですよね。そうなってくると、今度はバランス感覚が故障している僕にとって、より慎重にならなければいけないので、たかが傘をさすぐらいで、とっても精神的に重労働になっちゃうんですね。

『たかが、傘をさすぐらいで……』

と、思う方もいらっしゃると思いますけど、僕の体験でかなり重労働になってくるんです。というのも、道路脇を歩くときに受ける自動車の風のあおりが危険です。特に、トラックとか大きい自動車が走ってくる場合が一番危険です。

だから、断れるような用事なら、きちんと断りを入れて、雨降りは家の中でおとなしくしています。これを見た妹が一言。

『それほど大変なら雨ガッパを着ていけば？』

カッパねぇ……。それはそれで便利かも知れないけど、それで電車に乗るのはどうだろう……。おしゃれもへったくりもない……。一応、僕も20代の若者なので、それなりに服には気を使っています。おしゃれかどうかはさておいて……。でも、少なくともカッパで何処かに出かける勇気はありません！

そこで僕は、

『傘もささずに、カッパも着ないで、濡れずに出歩く方法はないかなぁ？』

と、考えました。その結果、出た答えがこれです。

「傘をささずに出歩くっていうのは、どう考えても無理だなぁ。それなら、俺みたいに杖をついて歩く人は、杖の枝を伸ばしてそこに傘を付けてみよう！　よし、これなら片方の手は空くし、地面に突いたときには固定されるから安全だ！　いいかも知んない！」

どうぞ、アホとののしって下さい。

大学のお勉強

右半身が障害を受けているので、右手ではふるえてしまって直筆で字も書けないです。左手で字を書く訓練もしているのですが、右利きだったので左利きに矯正すると、素早く字が書けないんです。まぁ、書き始めた当初に比べると、かなり書けるようになってきましたけどね。簡単なはしがきなら直筆で大丈夫になってきました。しかし、長い文章とかは、パソコンを使って書いています。

『長い文章は無理なの？　じゃ、ノートをとるとか、テストを受けるとかは、どういうふうにクリアしているのかなぁ？』

と、疑問を持つ方もいると思います。そこはそれなりに考慮して頂いて、ノート代わりになる参考書を紹介してもらったり、テスト代わりにレポート課題を課してもらったりして、それを評価の上、単位を頂いています。

確かに、レポートに代えて頂くと、このように長い文章でもパソコンを使って、教科書とにらめっこしながら書けますし、解らない所があればインターネットを使って調べることもできるのでありがたいです。

『えっ？　レポート？　いいなぁ……』

と、思う方がいると思いますが、実際はテストを受ける方が、随分と楽できます。

事故前は、普通にテストを受ければよかったので、友達とかと1日前位とか2日前位に一夜漬けでテスト勉強なるものをしていればよかったんですけど、レポートとかに代わると、逆に一夜漬けだと終わらないのです。

同期だった大学の友達がいうには、

『お前はバカだったからなぁ……』

らしいです……。ガーン！　やっぱり……。「天然ボケ」は、認めるけどバカじゃないもん。

でもですね、事故後は事情が事情なので、勉強には一生懸命励んでいるつもりですよ。

例えば、先に書いた、テストをレポート課題に代えてもらうと解って当然なのです。解って当然ということは、課された課題を細かい所まで、完璧にやっていく必要が出ますよね。同期の友達とかがいれば、ノートとかを貸してもらって、けっこうすんなりと行くと思うんですが、休学中に友達は卒業してしまったし、留年して残っている友達も学科が違うので、同じ講義を受けていないからもう大変！

事故前は、過去のレポートとか問題が友達関係に出回っていたから、それをほとんど写すだけとか、丸暗記すればよかっただけなので、ほとんど勉強していませんでした。

ところが事故後は、ノートを貸してくれる友達もいなくて、教科書に書いてあることを全て理解しなきゃいけないから、一番前の席にどうどうと座って、教科書とにらめっこしながら解らない所が出てきたら、その講義の度に、教授まで質問にいくという模範的な生徒になっています。このことを、地元の知り合いとかに言うと、

『えっ！？　それって大学生なんだから、当然のことでしょ？』

と、バカにされますが……。

字の書き方

事故後、手で字を書くのは左手になったので、漢字を書いていると、

『あれ？　どっちに部首が来るんだっけ？』

という事態に陥ります。この左右がよく解らなくなって、一番笑えたのが、落ち着くために「人」という字を手のひらに書いて飲もうとしたら、ついつい「入」という字を

飲んでしまったんですよね。そのときは、友達に指摘されて、笑えたからギャグで済みましたけど、これが重要なことだったら……。それはそうと、なにか御利益《ごりやく》はあるんですかねぇ……。

そして、話は戻りますが、大学の先生にこう言われました。

『左手で字を書くのはいいけど、ちゃんと読める？』

『ええ。書くのは遅いんですけど、一応判読は可能ですよ』

『そう。良かったね。元々字を書くのは綺麗だった？』

「……それを、言われるとつらいんですが……」

言葉には出しませんでしたが、そうなんですよね。僕の過去のノートを見ても、読めない字というのが、ところどころにあります。

パソコンを使って文書を作成するというのは、字も綺麗で誰にでも解りやすくていいんですけど、「漢字変換機能」で、ひらがなを漢字にするので、中々覚えられなくて、なおかつどんどん忘れていきます。普通に使っていた漢字を、左手で書くようになると、書くのが遅くなるという以外にも、こんな問題も出てきます（僕だけ？）。

いくら、パソコンを使う機会が増えて、文字の位置を覚えて、余りパソコンを使わない人よりも、圧倒的に字を打つのが速くなってもネ！

漢字自体は、普通の大学生に比べると、かなり本を読んでいて、正確な漢字もたくさん知っているはずなのですが、いざ自分で文章を書くとなるとかなり間違えます。当時付き合っていた彼女にも、

『本を人よりたくさん読むくせに、漢字には弱いよね～。メールとかでも、かなりの間違いはあるし』

と、言われました。

『そんなはず無いよ～』

と、メールを見せて貰うと、かなりの間違いを発見しました。入院中にも、自宅に帰るのに外泊届を書いてナースステーションに届けると、それを読んでくれた看護師さんに、漢字の間違いを発見されて、

『君、漢字に弱いでしょ？』

と、言われてしまいました。

漢字に弱かろうとなんだろうと、大学2年生のときに講義を取っていた第二外国語では、漢字ばかりの中国語を受けていました。もちろん、きっちりとその単位は取得できました。

ところがです！　弱いのは漢字ばかりではありませんでした。もちろん、自慢じゃな

いですが（本当に自慢じゃない）、漢字に弱いのが僕を語る上での大きな特徴の一部なんですが、それ以上に日本語にというか、書くということ、そのものに弱いらしいです。

この文章も一回書いた原作をよく添削してみるとぼろぼろ出てきました。漢字だけだったら、まだよかったんですけど、ひらがなやカタカナまでも、一部分抜けていたり、この世にない言葉を書いたりと、よく間違えていました。

今度は、それからしばらくしてお付き合いしていた、別の彼女との会話です。その子は、海外へ留学中でした。どうやって知り合ったかは、ご想像にお任せします。そこまで、プライベートを明かしたくないので……。でも、決して危ない知り合い方じゃないですよ。まっ、結局は失恋という事態に陥ったわけですが……。完全にプライベートなんで、話さないでおきます。さて、その子との会話です。

『俺、漢字に限らず、日本語に弱いみたい……』

『どうして？　貴方は日本人でしょ！？』

『でも、ひらがなやカタカナでも頻繁《ひんぱん》に間違える……。あっ！　でも、日本語以外は喋《しゃべ》れないから、言語を書くということに対して弱いのかなぁ……』

おしゃべりだけなら、色々な表現方法を知っていたり、ボキャブラリーが多かったりで、人より多く喋《しゃべ》れるのですが、書くことに関して言えば、まるきり駄目らしいです……。

僕の趣味

僕の趣味といえば、事故前と事故後でほとんど変わらず、絵（抽象画）を描くことと車に関することがメインで、その他もろもろです。その他の部分については、けっこうあるようなので、一口には言えません……。

まず、絵に関して言えば、手が震えて筆が上手く使えないので、CGとなっています。しかし、筆で絵を描いている人達は、決してCGを絵と見ようとはしていません。ある人がこんなことを言っていました。

『CGは、個性がないから嫌いだ！』

個性って、その絵を思い付く時点で、その人の個性だと思うんですね。それを、描き上げる材料は、筆を使った絵か、コンピューターを使ったCGかで分かれますが、個性自体は一緒だと思うんですよね。また、それを絵で表現するっていうのも、個性だと思うんですよね。

たしかに、CGで描く絵には筆で描くような絵の具の質感というものはありません。平面な画面上の世界でしかないんですから。CGが好きかどうかの問題は、その人個人の好き嫌いですからなんともいえないですけど、個性がないっていわれたからには黙っちゃいられんということです。

このように、事故前も抽象画っぽい絵は好きでしたが、今はＣＧで抽象画っぽい絵を描いています。その一方、もっとも下手な絵が人物画や風景画でした。あれは、小学校や中学校のころの絵でした。人物画や風景画だって、事実をあたかも写真のように写せば、素晴らしい作品に仕上がると思います。でも、僕は極限まで下手です。

何故下手かというと、次のことによるからです……。

小学校の頃から絵は得意だったはずです。地区大会に選ばれたり、年賀状コンクールで選ばれたり、ポスターが学年代表に選ばれたりして。でも、どういうわけかそこにあるものを忠実に描かなければいけない人物画や風景画は極限まで下手でした。

この地区大会に選ばれた絵だけは、まだ小学校3年生のときの風景画です。事実を奇跡的に事実通りに描いたおかげで、その地区でトップクラスの賞に選考されました。

この風景画のように、風景画ならそこにある物を事実通りに描けばいいだけなんです

が、風景画の中に空想から生み出した物をまぜてしまって「ここは何処？」という事態に陥ったり、人物画なら輪郭とかを違うように描いてしまったりして、「これって誰？」という事態に陥ります。だから、抽象画っぽくなるんですね。

次に車です。

本来ならば、車を運転するどころか、ただ寝ているだけという状態になる危機でした。なんせ事故を起こして、最初に救急病院に運ばれたときに、

『知人を呼ぶ準備をして下さい。生きていても、可能になるのは、排泄と食事だけでしょう』

と、医者に診断されていたんですから。それが、車の運転をしているんですよ！　事故直後に救急で担ぎ込まれた意識不明の僕しか知らない、医者とか看護師さんにとってみたらびっくりですよね。

でも、車の運転に関して、1つだけ問題があります。それは、道を知らないということに他なりません。妹にはこう言われています、

『おにいちゃんって、よく運転するくせに本当に道を知らないよねぇ』

たしかに、運転自体は好きなんですが、自宅の近所の道とかよく行く場所の道しか知らないです。

ただ、方向感覚だけはばっちりです。「目的の場所はこっちの方向かな？」って感じで、あっちを曲がったり、こっちを曲がったりしながら、ゆっくりと時間をかけて、遠回りをしながら時間をかけながら目的の場所に到着します。

あれは、友達と遊びに行ったときのことでした。友達の車で出かけました。

『この辺の道に詳しくないから、道案内して』

『うん。ここの道を、たぶん左に曲がると行けるよ』

『おい！　たぶんって……。ナビとかで「１００ｍ先を、左に曲がって下さい」とかじゃなくて、「たぶん、１００ｍ先を左に曲がって下さい」とか、案内されたら、大金はたいて買った意味がないじゃん……』

『いいじゃん！　俺の案内なら、時間通りっていう条件が付けば厳しいけど、最終目的地までは、確実に到着できるんだし！』

車の運転に関して、一言で僕をまとめるのなら、僕に道を覚えさせるということは、恐らくというか確実に無理です！

一休み

『お前は、事故って休学して、人生の寄り道をしていたからなぁ。』

そう友達がいうように、僕は、人生半ばにおいて事故で入院するという、一休みをしてしまいましたよね。この「寄り道」というのが、大問題なんです。「寄り道」ではなくて「回り道」だったならまだいいんですけど、友達いわく「寄り道」なんです。

ある本に、

『人間の人生とは、そもそも寄り道なのかもしれない』

というふうに書かれていました。その本を読み進めていくと、けっこう納得できる節があります。

人生自体が寄り道なら、その途中で事故を起こして意識不明の重体になるような、「寄り道」をしてしまった僕って……。

つまり、「寄り道」の途中で、さらに「寄り道」をしてしまったということは、数学のようにマイナスを二つ掛け合わせてプラスになるようになるんですかね。プラスになるってことは、つまり具体的にいえば、この世におさらばして元の道に戻れるってことになります。もっと、具体的にいうなら死ぬってことに……。

いやいやいや！　まだ寄り道していたいです。少なくとも、あと50年位は！

「寄り道」とは認めたくなくても、「長期休暇」だったわけです。しかし、自分で書いていてふと疑問に思いました。休暇ってことは、頑張っている人に与えられるものじゃないですか。

ところが、事故前に頑張っていたならまだしも、頑張りとはほど遠いところにいた僕に与えられたのは、休暇というより制裁に近いような……。頑張らずにひょいひょいと人生を乗り切ってこられた制裁のような気がします。このように、「休暇」を「制裁」に置き換えてみると納得できるような節がいくつも……。

うぅ～ん。自分で自分を窮地に追い込んでしまった……。事故後も、事故前と同じような生活が送れているわけで、再び制裁があるんですかね？　うわぁ～！　更に窮地に追い込んでしまった……。

いやいや、もう2度と制裁は勘弁して欲しいです。今後、制裁にあわないように気を付けないと！（頑張れよ！）

らしさってなんだろう

僕らしいもの、それはすなわち、今の僕にできることです。

事故前の僕といえば、自慢じゃありませんけど（今回はいばろうと思ったら本当にいばれる）、かなり運動はできる方でした。

いくつかの例を挙げるならば、高校時代の話だと、助走区間が土でも5ｍ79ｃｍを飛んで校内で、陸上部も抜き去って1番に輝いた走り幅跳びの記録。先生が言うには、専用のグランドだと少なくとも1ｍは伸びるらしいです。力を抜いて飛んでも、５ｍちょいでした！　ここで終わったら自慢にはなりませんけど、ここで終わらないのが自慢！

サッカーだとサッカー部の人達をフェイントでかわして、フォワード（点を決める人）にパスをするラストパサーとなっていた経験！

そして、草野球対決では野球部に入っていない素人の割には変化球を4種類以上持っていたこと、専門のトレーニングをしていないのにも関わらず、１３０ｋｍ近いストレートを投げていたこと！（ただし、ノーコン）

大学時代に目を移しても、モーグルスキーでジャンプしてエアートリック（空中で両足を広げたり、両足をそろえてスキーの板を横９０度ひねったりする演技）までこなしていたスキー！　エアートリックは、１つだけ完成しなかったトリック（３６０度の回転技）があったものの、一通りできました。

このように、それぞれ専門的に見たらたいしたことないような記録ばかりですが、かなり器用な方だったと自負しているので、その運動能力を生かして、１人何役もこなしていました。

ところが、このように障害者になってしまったじゃないですか。何も障害者になりたくて、なったものじゃないんです。事故後の僕は運動とかけ離れた世界にいるから、特技というものが存在していないんです。そりゃ、事故前も頭を使う方の特技ばっかりだったならいざしらず、そっちはかなりおろそかにしていましたからね……。

世の中には、障害にも負けない努力をしているという人もいますが、これは、僕自身にはあてはまりませんね。なぜなら、後から具体的な解説を加えますが、「なせばなる」と考えを改めた今でも、あいにく「努力」という言葉は嫌いなもので……。だからといって、何もしないわけではありませんよ。

以前言いましたよね、「なってしまったものはしょうがない！」って。そうなんです。障害者になったらなったで、きちんと事実を受け止めて、それに合った考え方や、生活方法を模索していけばいいんです。そして、それをスマートにこなせるようになればいいんですから！　それが、「努力」となっていれば知らないうちに努力をしてきたという、かなり格好いい男に仕上がっているはずです（熱望）。

その模索結果として、今の僕は健常者と同じ生活ができるという結果に落ち着いたのです！　だから、自分でできることは、なんでも自分でやってしまうという、生前の僕と（まだ生きてるんだった……。事故前の僕に訂正しておいて下さい）同じ生活を繰り広げているんです。ただ、前述しましたけど、直筆で素早く綺麗に字は書けませんが……。まぁ、元々綺麗な字じゃないので、綺麗さに関しては大差ないかも……。

今の僕にできることといえば、このように文章で人を楽しませることくらいしか思い付きません。きちんと就職が可能なら、そっちで活動しようと思いますけどね。文章でいえば、ホームページへ掲載していた、この文章の原作や僕のメールマガジンを読んだ人達から、

『真面目な中にもユーモアがあった』

『いつも楽しい話題をありがとう。いつも笑いながら読んでいます』

との、感想を頂きました。

人を楽しませることが、僕らしいといえば僕らしいのでしょう。この新しい文章も、いかに人を笑わせるかにこだわって書いています。(だったら、コメディアンになれよ)

就職活動

先に書くと言っていた、就職活動風景を書きます。

僕がどのような会社へ入社希望を出しているのかは、〝障害者だからこそ思い付くことがある〟という考えを持っているということから、お解りですよね。もっとも、福祉

機器だけでなく、ありとあらゆるものを設計している会社への内定が、卒業ぎりぎりで決まりましたが。どのぐらいぎりぎりかということは、一番最後に書くことにします。

就職活動をしていた時期の話に戻すと、僕の場合事情が事情なので、入社したいので入社試験を受けたいという旨を電話で連絡しました。まっ、連絡というか相談ですけどね。その数、およそ50社以上です。そして、自分が右半身不随の障害者ということを告げます。

そうすると、A社を除いて、僕が右半身不随という理由から入社試験も受けさせてくれないし、会社説明会に行くことすら許可してもらえませんでした。

では、そのA社へ内定がどうして決まらなかったかというと、僕が企業側が提示した入社研修（設計図を書くソフト＝ＣＡＤ《キャド》）を、満足にこなせなかったという理由です。こればかりは、僕の能力不足だったという理由なので、100％僕のせいです。

もちろん、僕が入社を希望していた会社では、それを使えるということが採用の条件である企業が多いので、今では卒業研究での必要性もあって、その2次元のＣＡＤ《キャド》はほぼ習得しました。そして、入社が内定した会社では、更に研修を受けたり自己学習をしたりで、今企業で流行っている、3次元のＣＡＤ《キャド》をマスターしようと意気込んでいます。ただし、全く使えないというわけではなく、大学生レベルでなら少しは使えます。

ならば、このA社以外で入社試験すら許されなかった企業ではその理由として、そのCAD《キャド》が満足に使えないからということではなく、次のように言い逃れています（あえて言い逃れ）。

『今回、説明会を開催する場所は、バリアフリーのような作りとはなっていませんので、不便すると思います。なので、今回は見送ります。また次の機会に、お願いします』

ここで注目すべきは、「今回は」という言葉です。「今回は」と言っていますが、きっと次回に問い合わせをしても、また同じような理由とか、新卒じゃないからとか、色んな理由をつけて断ってくるでしょう。

僕がまだ学生で就職活動をやっていたころは、そういうふうに断られ続けて、就職活動が遅れてしまって、秋口から新たに探し始めると、今度は「今年度の採用活動は終了しました」という企業が大半を占めていました。その採用活動が終わっている企業では、口を揃えてこうも言います。

『私達の会社では、障害者と健常者を区別なく雇うつもりです。今回は、たまたま採用が終わっているだけです』

これに対する、僕の見解。

「それならば、春に就職活動をし始めたときに、なぜそう言ってくれない企業が多いんですか？」

これは、変だと思いませんか？　春に就職活動をし始めたときには、多くの企業から先に書いたような理由で断られていました。その数、50社中15社です。そして、秋口には採用活動が終わっているからという理由も含めて、約35社にダメ出しをくらいました。いや、ダメ出しというか、障害者だということで拒否されるんですよね。

たしかに、会社というのは利益を出すのが、最優先です。でも、ノーマライゼーションの理念にもあるように、障害者といえども一人の人間です。その人間は、自立して生活できないのでしょうか？　利益は出さないいんでしょうか？　しかし、ある企業の方はこう言っていました。

『あなたの視点、つまり障害者の視点というのは、我が企業にとっても、大変プラスです。ですので、採用活動自体は終わっていますが、そのことを会議にかけてみます』

翌日に返信がありました。この企業も、結局は障害者を雇い入れる企業ではなかったのですが、真摯《しんし》に僕の訴えを聞いて下さったので、この方個人には感謝しています。本来なら、その場で、

『採用は終わっています』

で、終わるところを、会議にまでかけてくださったのでありがたかったです。

しかしながら、次のような会社もあります。ここから先は、不当とか矛盾していることを、「どう考えても、むりやり正当化しているだけだろう?」と考えられる会社を紹介しておきます。

まず初めにM社という、車椅子や福祉機器を製造している、その業界の中でかなり大きい会社です。

先に書いたようなことを訴えて、入社試験を受けたいという旨を伝えたところ、

『そうですか。では、履歴書を送ってください。それを見て、判断します』

そこまではよかったんです。ところが、翌日に別の問い合わせで電話したときのことです。

『お忙しいところ、申し訳ありません。昨日、採用の件で問い合わせをした者です。昨日言われた履歴書をお送りしようと思っているのですが、私は右半身不随なので、直筆では履歴書を書けません。パソコンで打ち出して作成してもよろしいでしょうか?』

と、聞きました。そうすると、最初に電話応対して頂いた方とは違う人が出て、

『申し訳ありません。私達の会社では、貴方が希望した部署では、既に予定の人員を採用していますので、もう採用活動は終わっており、新たに採用するといったことはありません』

『昨日、応対して頂いた方には、履歴書を送ってくださいと言われました。その上で判断するとおっしゃいました』

『では、その対応した者は、会社の事情を知らなかったのでしょう』

このようなやり取りをした会社もあります。

これは、変ですよね。採用を統括しているのは、総務部の人事課です。始めに電話したときも、やはり人事課の採用担当の人でした。1つの会社で、しかも1つの課で、採用活動が終わっていることを知らないということがあるんでしょうか？

今度は、別の会社にそういうやり取りをした企業もあるというと、今度は、

『就職したいというのは、そっちの都合でしょう？　とにかく、私達の会社では、採用は終わっています』

と、逆切れっぽく言われました。この言葉は、僕の胸に大きく響きました。もちろん、悪い意味で響いたということです。逆切れというわけじゃないかもしれませんが、軽くあしらわれたのは事実です。そのN社も、車椅子などの製造をしたり介護用ベッドを製造したりする、福祉器具を扱う会社の中では、かなり有名な会社です。

そして、最後に電化製品等を製造しているT製作所です。

T製作所は、個人の力では働く会社がどうしても見つからなかったので、仕方なくハ

ローワークで障害者雇用の求人を見て応募した企業です。今度は福祉系ではなく、僕にできること、つまりパソコン上のCAD《キャド》で製図の作業をする会社でした。

その会社へ電話連絡した結果、面接を行なってくれるとのことでした。そして、後日面接に行ったわけです。すると面接では、

『CAD《キャド》の簡単な基本操作は解るんでしょ？』

と聞かれました。そこで、僕が迷わず、

『はい。簡単な作業はできます』

と、答えました。それに対し、面接官は、

『なら、細かい作業は、入社してからやればいいよ』

と、言っていたにも関わらず、不採用となりました。その理由を聞くと、

『即戦力になる人材が欲しいので、不採用とさせて頂きました』

とのことでした。なんなんでしょうね？　面接のときの言葉と矛盾していませんか？

それを、言うと、

『それは、私が面接したわけじゃないので解りません。とにかく、話を聞いた上での、総合的な判断として不採用ということです』

『話を聞いた上での総合判断とはどういうことですか？　面接のとき主に聞かれたのは、

卒業論文テーマと僕が住んでいるところだけでした』

と、言い返すと、

『それは、あなたが忘れているんでしょう』

と、言ってきます。

おい！　ちょっと待てよ！！　忘れたってどういうこと？　50社以上に断られて続けて、その上で面接してくれた会社ですよ？　その面接が決まったときは、とってもありがたかったです。その面接を、忘れるわけがないでしょう！！

それに、その会社の人に、

『そうですか。このことは、私が出版を目標としている文章に、ありのまま掲載します』

と、伝えたところ、

『それは脅し？』

と、言われました。おいおいおい！！　脅しのわけないでしょう？　その見返しとして、何か望みましたか？　何か望んで、初めて恐喝が成立するんでしょう！　何も望まず、ただこういう事実があったということを、あくまでも真実通りに表現するということに、何か問題はありますか？

では、その会社では、注文主がこういう部品が欲しいといっても、開発側が、

『こっちの方がいいから、ここをこういうふうに変更しよう』

といって、勝手に違う部品を開発するんですか？　違うでしょう。多少の変更はあるにせよ、原則として客先に言われたとおり作るでしょう！

僕も、それと同じで、あったことをその通りに書いているだけです！！　それを、脅しととらえるようなら、それだけやましい行為があったということになりますよね。

以上、これらの会社の対応を踏まえた上で、僕なりに言います。福祉機器メーカーは、扱っている商品が福祉機器というだけで、その実態は普通の企業と同じだったんですよねぇ。となると、福祉機器を取り扱っていない企業も、当然同じような対応をするんです！

それで、実はある発見をしたんですよね。ここに挙げた会社の人達は、「とにかく……」という言葉を使うんですよね。正当な理由がないから、もしくは、言えないからか、はたまた早く会話を終わらせようとしているのか、頻繁《ひんぱん》に「とにかく」という言葉を出しているんですね。そして、自分の会社にちょっとでも不利があると、すぐに「それは、脅し？」と言ってきます。そう言っとけば、こっちが何もアクションを起こさないと思っているんでしょうね。

でも、真実を伝えなければと思って、あったことを真実に忠実に書きます。

はぁ〜……。まともな就職活動をしたかった……。

その上で不採用というなら、まだ納得できます。でも、就職試験すらも受けれないいんじゃねぇ。やりたいこともやれないし、できることもできやしない！　ただ、僕が就職活動をしていた会社みたいに、どう考えても不合理な条件の会社で働くのは、僕から拒否しますけどね。

でも、ごく1部の人は解ってくれました。つまり、僕が就職を決めた会社の方々はそうです。就職の面接のときに言っていました。

『うん。君が障害者だとは言っても、能力は健常者と変わらないね』

このようなやり取りがあって見事大学生のうちに就職は決まりました。

長い文章となりましたが、それだけまともに就職活動がしたかったんです。まっ、結局は土壇場で逆転ホームランを放てましたけどね。でも、身体に障害を持った人に優しくなったとはいっても、それは上っ面だけで、実際にはこのような企業もあるということを伝えたかっただけです。

出版について

さて、ここの話は障害とは関係ありませんが、この文章の生い立ちなどを書いておきます。

この文章は、元々出版する気など全くありませんでした。冒頭で、自分を見つめなおすつもりでこの文章を書き始めたと言いました。そのきっかけが、実は病院の心理のリハビリだったんですよ。リハビリについてはできるだけ書きたくないものの、文章に関することなので書いておきます。

この文章の元は、原稿用紙に3枚ぐらいの短いものでした。それは、病院の心理というリハビリで、「自分の生活を書いてこい」と言われただけでした。でも、僕はそのとき、『そんな個人的なものが、何のリハビリになるんだろう？』と思って、全く書かないで行ったんです。しかし、後から自分でよく考えた結果、「上司とかに言われて、その命令に従わなかったら、社会でも不合格となる！　これは、社会に出る勉強なんだ」

と、思い改めて書き始めました。その文章が、この前身となる文章でした。それには、生い立ちから小学校、中学校、高校時代、事故を起こすまでの様子が凄く細かく書いてあります。それを原作として書いたんですが、最初とはほぼというか、全く違う文章に仕上がりました。例えば、僕が完全に復活して、就職活動をしている中で見た世の中の不条理とかをね。

この文章は、僕が意識を取り戻してからリハビリ期間、そして大学を卒業するまで、約3年間に渡って書きました。それで、生きる道を切り開こうと就職活動と同時進行で、原稿を色々な出版社に応募していたんです。もちろん、意識を取り戻してすぐにというわけじゃありません。もしそれだったら、限りなく奇跡に近いです。

応募した出版社からは、次のようなありがたいメッセージが届くわけです。

『実際に使う方の視点から、バリアフリーやユニバーサルデザインが書かれていて、文章は興味深く面白い内容です』

『障害を持つ身じゃないと、想像できないこともありますね』

『現在、障害者が置かれている現状の社会に対して、障害をもつ身の著者が、このような文章で書き表すことは、非常に意義がありますね』

『このテーマの文章は、社会的にも重要なテーマです。当社の企画、営業、編集部の人から、それぞれ、ぜひうちから出しましょうという話が出ました』

このメッセージを見る限りだと、

『なら出版できるんですか?』

と、期待を膨らませます。

しかし、現実は、

『今は出版不況なので、売れるという保障がありません。そこで、著者の貴方に、初版の発刊料を受け持ってもらう、〝協力出版〟はいかがでしょう？　協力して頂く費用は、80万円から100万円です』

と、言っています。もちろん、これ以外の理由もありますが、先に文章に対して誉めちぎっておきながら、共同出版、または共創出版なのです！

ちょっと待ってください？　僕が、そのような大金を出資可能なら、この文章は書かなかったんですが……。そのような大金、最低でも就職を決めないと無理です。いや、就職を決めても難しいでしょう。それに、現実の就職は先にも書いたように、どう考えても障害者だからという理由で散々断られていました。障害者も1人の個人ということを訴えたいが為に、この文章で世の中に訴えたいんです。幸いにも、僕はなんとか決まりましたが、世の中の僕と同じような障害者は、つまり自立したがっている障害者は、本人に働く意思があっても、世の中が「障害者＝弱者で雇うメリットはない」と、決め付けてしまって、今の世の中に不満を感じていることでしょう。

でも、お金がないと訴えることすらできないから、就職でも決めないと不可能……。このように、堂々巡りになってしまうんですよね。

そこで、今度は、出版社の方に次の質問を投げかけてみました。

『現在、障害者が置かれている現在の社会状況は、変わらなくてもよいとお考えですか？』

それに対する出版社側の回答です。

『いえ。そうではないですが、先程も言ったように、今は出版不況なんですよ』

出版不況という理由だけで出版不可能なら、持ち上げることなく、それを最初にいってくださいよ！　それに、別に出版社の悪口をいうつもりはないんですが、出版不況だからという理由だけで、障害者に対する環境が変わらなくてもよいと言っているわけですね。すなわち、障害者は弱者でいろということなんですね。がっくしトホホ……。

いくら出版不況だからといっても、既成の作家、または新たなる書き手による作品が、世に送り出されているわけです。そして、それがベストセラーになっているという事実もあるでしょう。たしかに、ある時期（ネットや携帯電話の普及した時期）を境に本の売れ行きは減少しています。

だから、出版不況だから出せないというのは、現実を見つめた正当な理由だが仕方がないとして、文章を全部読まずに、ただ協力出版という話を持ちかけてきたH社という出版社や、同じく文章を全部読まずに出版はできないといってきたS社という出版社もあります。

いいや、その H出版社の方いわく、全部読んだと言い張っています。それは、当社としてどのような形式で出版できるかの判断のためとして読んだのであって、文章や用字・用語・誤字などを整理するという編集者としての立場からは読んでいないと言っています。でも、その出版社は少人数で経営しているため、前者と後者が同一人物なんです。その上で、全部読んでいないと言ったにも関わらず、後から編集者としての立場では全部読んでいないと理由をつけても、それは、ちと無理があるんじゃないですかねぇ。

さらに、S社に至っては、この文章の第1章と第2章の半分の文章を読んだだけで、原稿を全部読まずに出版はできないという旨のメールを送ってきました。いや、最終的には、原稿全部を送ったのですが、返事がくるまでの、わずか1時間半で読める長さの文章ではありません。

『全部読みました？』

『はい。読みましたよ』

『じゃ、どういう内容のことが書いてあったら教えてください』

『こっちも、仕事があるからそんな暇はないよ』

おいおい！　文章を読むっていうのがそっちの仕事でしょう。

更に話は続いて、なぜこの文章を出版できないかというと、S社の人いわく、この文章が水準に達していないからだそうです。おいおいおい！　水準ってなんですか？　自由な考えに、どんな基準があるんですか？　基準がないから、人生が面白いんじゃないですか。

そういうことなら、S社の人は、「面白くて解りやすかった」、「色々と考えた」といった、一般の方の出版希望は無視するんですね。ということは、S社の人の考えと世の中の多くの人の考えが違っているということでしょう。

個人の考え方を、世の中の考えや、出版業界全体の考えとはしないで欲しいですよね。読む人によっては、この文章を評価しているんですからね。それと、文章を評価するときに、水準って言葉は使わないで欲しいです。もし、どうしても水準という言葉を使いたいんなら、それはその人の読み方が編集の水準に達していないんじゃないですか？

S社の人は、これを普通の小説のように読んだんじゃないですか？

それは違います。著者である本人がそういう書き方をしたつもりはありません。冒頭でもいったように、この文章はどこから読んでも1つの話としてまとまっていて楽しめるという書き方ですからね。

まっ、編集者としての水準に達していないんならしょうがないですけどね。

また、各出版社の持ち込み企画を募集しているページでは、

『伝えたいことを本にする大切さ』

と書いてありますが、「あなたの文章を本にしましょう」という試みがありますが、お金があっての試みというわけですね。逆に言えば、お金で本の出版権を勝ち取らないと無理なんですよね。具体的に言うなら、出版社の負担は少なく著者にお金を出させるという、効率のよい金儲けのために出版社という形態を取っているに過ぎないんです！そりゃ出版社ですから、文章構成は上手く、口では立派なことが言えます。しかし、追求していくと、やっぱりお金なんですよね。

もちろん、世に出ている作家のほとんどは素晴らしい作品を書いていると思うし、これがそうたいそうな文章だとも思いません。ここで注意してほしいのは、持込企画の場合のみです。

この文章は、出版社の方の協力もあって、なんとか世に送り出せました。これが、健常者と同等のチャンスを作り出すとしたら、それはそれで素晴らしいことです。

もし、そうならなくても、健常者達が織り成す世界に挑む人が出てきたなら、こういうメッセージを世に流す僕としても、ぜひ受けて立ちたいですね！

第7章　僕の考え方

真理を見付けるということ

さて、この章に関しては、あまりというかほとんど障害とは関係ありません。事故にあって覚えたこと、つまり事故後に考えている僕の哲学的な思想を書いておきます。

まず、「真理」という言葉です。若い人の中には、知らない人もいるでしょうけど、真実の理という意味です。決して、「心理」の間違いじゃありません。

そして、その「真理」についてです。僕というのは、手足の麻痺《まひ》の為、何をするのにもゆっくりで、あまり大幅な時間というのがとれないという状態です。その為、効率よく物事を理解して、ちゃっちゃっちゃっちゃっと物事を片付けないといけないんですよ。そこで、僕はちょっと考えてみました。「どうしたら、素早く片付くんだろう？」と！

答えは簡単だったのです。簡単というか、僕のように機械を作りたいと考えている人間にとって、当然のことだったんです！

それはですね、大きく全体を見ているからいけなかったんですね。先に述べたような事柄、つまり現在の日本のバリアフリー計画とは、全く正反対になりますが……。まぁ、物事によって、全体を見るか部分的に見るかが分かれてくるのは当たり前としておきましょう。

完成したものを組み合わせてつかうときには、全体を見ていないと、システムとしての全体のまとまりがなく、どうにも上手く機能しないものです。しかし、ある一つの事柄（物品）を済ませようとすると、今度は逆に全体を見ていたらにっちもさっちも前に進んでいかないんです。

例えば、雇用の問題とかがあるじゃないですか。現在の日本で問題になっている雇用制度、つまり「終身雇用」と「年功序列」について考えてみます。

・終身雇用

まず、この言葉の意味を考えてみたいと思います。

〝終身〟とは、死ぬことを意味します。〝雇用〟とは、人を雇うことです。「終身雇用」の言葉ができた当時、日本人の平均寿命は60歳代でした。企業側の定年退職の時期は60歳から65歳なので、あながち終身雇用も嘘ではありません。ですが、医療の発達によって現在の平均寿命は、80歳代なので終身雇用というのは不可能に近いです。「長期雇用」に言葉を改めるべきだと思います。

今でいう「終身雇用」とは、企業側が、

「定年退職まで雇うよ」

といった、企業側からの保証でしかありません。それに加え、〝終身雇用契約〟というのがあるわけではなく、企業の方の〝暗黙の了解〟でしかありません。従って、企業側からではなく、雇われる個人側から、

「定年退職までこの会社で働きたい」

と求めるべきだと思います。

もちろん、与えてもらったチャンスなのですから、雇われた個人としても、責任を持って最後まで仕事をするべきだと思います。

・年功序列

ここでも、意味を考えてみたいと思います。

〝年功〟は、年来の功労を意味します。〝序列〟とは、基準に従って並べた順序を意味します。雇用形態でいう年功序列とは、年齢を重ねる毎に給料や位が上がっていく慣例のことを指します。

しかし、年齢が下だからといって、チャンスを手にできないのは、大きく間違っていると思います。ここでもやはり、〝年齢が上がれば給与が上がる〟といった保証であり、〝暗黙の了解〟でしかありません。年齢が上というだけで、年齢が下の者よりも上の位につけるとは、〝会社の業績を伸ばそう〟という、企業の経営理念とは大きく外れています。

ところが、最近の雇用形態は〝実力主義〟や〝能力主義〟に切り替わってきました。これには、賛成です。このように、実力や能力がある者しか企業の業績は伸ばせないのですから、〝業績を伸ばす〟という、経営理念の理にかなった雇用形態だと思います。

いかがでしたでしょうか。ここでは、「終身雇用」と「年功序列」という問題が重要ではなく、いかにして素早く真理を見付けるかというのが、最も重要なんですよ。

ここでは、この2つの言葉を分解して、部分ごとに意味を考えてみました。いちいち面倒くさいと思う方もいらっしゃるとは思いますけど、早く問題点を洗うという、真理を見付けるという意味では、分解していってそれぞれの意味を考えるということが重要なんですよね。一つ一つの問題点を吐き出してクリアしたら、その事柄は、単体として一つの物品が完成します。その事柄が、単体として完成したら、今度はもっと大きなシステムを考えなきゃいけないと考えています。

このようにして、僕は事故後を乗り越えてきました。と言ったら、格好よすぎますね。でも、これこそが僕なりの哲学です！

挫折

人生に、挫折なんか必要ないです。この文章の原作を読ませた友達が、こう言っていました。

『文章を読んだけど、お前って前向きに考えているよなぁ。でも、たまには挫折しろよ』

僕にだって悲しいことぐらいは、山ほどあります。

例えば、僕が杖を突いて歩いているっていうだけで偏見《へんけん》を持たれてしまうこと（男女に限らず）、運転が好きなくせに道を覚えられないこと、この文章では大丈夫そうですが、普段の友達や恋人との生活の中では年齢の割にお爺ちゃんのような考え方なこと。したがって、恋人によく「おいちゃん」と呼ばれること……。口調がたまに女性っぽいこと……。もちろん、仕事場ではやっていません。仕事は仕事で、ちゃんと区別するというか、ちびっと真面目になっているので、「です」「ます」調で話しています。たぶん……。

悩みの話に戻すと、僕が障害者になってしまったことは含まれていませんよね？

たしかに、障害を治したいといえば治したいですけど、もしこのまま一生つきまとっても悩みはしないはずです。そりゃそうです。障害者にしか解らない世界があるし！　障害者になったって、幸せを見つけられますし。

現に、障害者になった後もそうやって生きています。もし、障害が完治したらしたで嬉しいですけど、今まで障害者の立場から見ていたものが色あせてしまう可能性もありますし、杖があると女の子と喋《しゃべ》れます！　「向上心は？」って突っ込まないでね。

しかし、障害者を障害者と見ない人達だっています。しかし、

『今は彼女なんか要らない、俺には夢がある！　いまは、その夢を猛追している！』

だなんて、男の僕から見ても、ほれぼれするような格好いい男性の方だっています。僕もそうなりたい……。でも、僕の性格から考えたら無理かな。

だって、事故前の僕は「なるようにしかならない」って考えていましたし。事故前を知っている友達とかに、事故後も、

『お前って、全然変わってないよなぁ。安心したよ』

と、言われています。ところが、ある看護師さんは、「なせばなる」と考えているそうです。その看護師さんが言うには、

『私は、看護師という職業に就きたかったから努力してきました。努力しないとなれないんですよ。だから、あなたも色々な意味で頑張って！』

格好いいですね。僕もこれからは、「なるようにしかならない」じゃなくて、「なせばなる」に考えを改めようっと。ただ、障害を治すことに関しては除きますよ。今の状態でも、今が十分楽しいです！　先にも書きましたが、障害者になったからといって、それだけでうじうじ悩むような小さい男にはなりたくないですね！

この話の最後に一言。これは、ある人が言っていた言葉なんですが、僕にとって非常に勉強になりました。それは、〝道は一つじゃない！　どんな道を通ろうとも、必ず目標に辿り着ける〟です。

このことを踏まえて、新たな僕の哲学が生まれました。それは、〝自分で生きていると定義すれば、途中で壁にあたって方向転換することはあるが、大きな目標は失わない〟です。

さて、これまでの話題でも、今回持ち上げたような僕なりの人生哲学がいくつか出てきましたね。もちろん、全てを大切にしようと思います。僕の未来に、そして全ての考え方に、栄光があるかどうかは解りません。恐らくは、ほぼ確実にないと思います……。でも、少なくとも挫折だけはありえません！

復　活

「復活」とは、何を基準にしているのでしょう。なんども言っているように、僕も普通の人間として復活しています。杖すらも今では非常に便利な道具と化しています！　ただし、マネはしないで欲しいですが……。

一般的に考えられている「復活」とは、元通りかもしくはそれ以上になることでしょうか。それなら、厳密にいうなら元と同じ状態になっていないので、復活したとはいえないんですね。でも、今のこの状態を受けいれて楽しみながら生活しているんです。その楽しめるってことが、最も正確な「復活」じゃないんでしょうか。付け加えると、その状態で、どれだけのことができるかを考えられるようになったときじゃないんですかねぇ。そういう意味では、僕も完全に復活しているんです。

これは入院中のこと、「高次脳機能障害」についてではなく、杖を突いていることに対して先生に質問しました。

『先生、高次脳機能障害はともかく、この右半身不随というのは、完治することはないんですか？　もしかして、ショック療法で、もう一度事故を起こせば……』

『はは。治るわけがないでしょ。逆に、今よりもっとひどい状態になるわよ』

う〜ん。当たり前ですね。バカなことを先生に聞いた。

そして、「社会復帰」というのは、どこからどこまでを言うのでしょう。一般的な解釈では、就職すること、もしくは働いていた会社に戻ることを指します。でも、これが社会復帰と呼べるかどうかは怪しいです。

まだ、学生のうちは、親の保護条件の下で生活しています。もちろん、アルバイトとかをしていて多少の稼ぎはあるにせよ、学生にとっての社会となるのは学校の中です。だから、学生なら復学するだけで「社会復帰」と呼べます。となると、僕も社会復帰はしています。

先程言ったように、24時間以上戦えますしお酒も飲めるしタバコだって吸えます！　それに、車にも乗れます！　彼女だって作れます！

いわゆるひとつの勇気について

退院した当初に、何度も、

「こんな身体のまま生きていても楽しくないから、いっそのこと、このまま電車に飛び込んじゃおうかなぁ……。そしたら、楽になれるなぁ……」

と、考えました。もちろん、現在ではスポーツちっくな運動ができないとはいえ、楽しいことはいっぱいありますよ。これは、退院した当初の話です。

母親にそのことを告げたら、

『お前に、そんな決断力とか勇気はあるの？　そんなに死にたいんなら、たったいま包丁持ってきて刺せば？』

なんとひどい母親でしょう。でも、

『僕にそんな勇気ないよぉ』

と、矛盾したことを言っていました。

僕には、自分で自分を殺す勇気なんてありません。

でも、1つ変な疑惑が浮かび上がりました。

自力で命を絶てる人達は、相当思いつめてかなりの根性がないとできませんよね。極論をいえば、自殺できる人達は、相当強い信念を持った人になっちゃいます。

「そんな人達が自殺するのはなんでだろう？」

と、疑問を持ちます。

でも、「勇気」について色々と意見交換しあっていた、ある女性看護師さんから頂いたメールで、僕なりの結論に到達しました。その女性看護師さんからのメール、

『一言に勇気って言えるけど、実際はそんなに簡単なもんじゃないですよね。

私からいうと、一歩一歩の行動すべてが勇気に繋《つな》がっているように感じます。それからね、「自殺=勇気」ではありません。自分から命を絶てることが「勇気」ではないと思います。

私の大親友だった子が、ある日農薬を飲んで自殺しました。その子の遺書には、「私は人生に負けました」と書いてありました。その子は、右目の視力障害があっただけなんです。ただ、それだけでいじめられていました。

今、その子に会って聞きたいことがたくさんありますが、「死人に口無し」とは、このことですね。

それから、もう1つ言うと、よく人がケンカして、「お前なんか死んでしまえ！」に対して「あぁ、死んでやるとも！」と言い合いますよね？　あんなバカげた言葉はないと思います。1人の人間の命を、もっと大切にして欲しいです』

と、ありました。これを読んでいるうちに、結論に結びつく考えが浮かびました。

僕は、生死の縁をさまよっていたからこそ、「死ぬ」という言葉に凄く重たい意味を感じます。そして、人生に負けるといった言葉を残して自殺する人達が、バカらしくてかわいそうと思う気持ちも生まれません。

交通事故を起こし生死の縁から運良く生の方にころげ落ちたからとって、人生に勝ったわけでもありません。人生における勝ち負けとは、僕が思うに、生前にしていたことが、本人がこの世を去って評価されてから、初めて口にできる言葉です。といっても、時既に遅し！　メールにもあったように、「死人に口無し」なわけで、死んだ後では何も言わません。

僕なりの結論として、「勇気」とは死までに1つの信念を持って、自分が納得できるまでやり遂げられること！　「勇気=納得」なわけです！

マナーについて

最近の人達は、若い人や中年の人に限らず、電車の中であっても平気で携帯電話を使いますよね。まぁ、僕も一応は若いつもりではいますけど、自分が死にそうな目にあって、命の重要さを知っているつもりなので、たまにかかってくることはあっても、『わりぃ。今、電車の中だから、降りたらかけなおすわ』と答えて、降りるまでは極力ペースメーカーを狂わせるような、強い電磁波は出さないように気を使っています。もっとも、電車の中で使うことがないので、今までのように、すぐに切るとかの対応ではなくて、よっぽどのことがない限り（仕事の打ち合わせとか）、電源はOFFにしていますけどね。

ところが、ほとんどの人は普通にメールを打ったり電話をしたりしていますよね。

たしかに、メール機能が充実してきて、マナーモードで音は出さないようになったし、電話をする件数は減りましたが、その代わりメールをチクチクとひたすらに打っています。

さて、ここで重要になってくるのが、携帯電話で使う電波の強さで、ペースメーカーのテンポがどのぐらい狂うかということです。

『狂うといっても、どうせ少し狂うぐらいでしょ』

と、軽く考えていたら、それは大きな誤解です。

テレビ番組で、こんな実験をやっていました。実際に携帯電話とペースメーカーを近づけて、テンポの刻むリズムを計っていました。

その実験によれば、ペースメーカーに携帯電話を近づけると、携帯電話から出る電波でリズムが、「ピッピッピッ」と正確に刻んでいた物が、「ピッ・ピッ」と狂っていました。この結果から見ると、心臓のリズムを刻むペースが狂う訳ですから、息苦しくなったりすることは当然です。

それなのに、電車の中の混雑時でも、普通に携帯電話を使う人は何を考えているんでしょう？

もし、それが原因で人が倒れたりしても、医者でもなければ救急隊員でもない人に、責任をもった応急処置ができますか？　どうせ、「キャーキャー」「ワーワー」と騒ぐくらいで何もできないくせに！　と言っても、応急処置ができるからといって、普通に携帯電話を使うのも間違っています。まぁ、応急処置ができる人は、命の重要さを、知らないわけがないでしょうけどね。

自分がペースメーカーを使っていて、携帯電話が原因でトラブルを起こしてしまったら、呼吸困難になったり苦しくなって倒れたりしてしまう可能性もあります。「もし自分がそうなったら?」と、自分に当てはめて考えていないから使えるんですよね。つまり、他人の人命だと思って軽く扱っています。、他人の人命を軽く扱っています。これを言うと、

『そんなの、俺（私）のせいじゃないかも知れないじゃん』

と、反論をくらうでしょう。たしかに、反論はありでしょう。ただし、自分1人だけに不幸な事件が起きても、

『なぜ俺（私）だけ……』

などと、泣かないことです。自分のことだけを不幸にしないで下さい。自分もそれに値するような行為はしているんですから。

ここで、今度はある1つのデータを示しておきます。

僕が文章を投稿した出版社からのメッセージに、現在出版不況という状況があります。

その理由を、僕なりに考えてみました。

それは電車の中で、普通に携帯電話を使い始めた時期と一致していたんですよね。

そんなわけで、平日に空いている状態で、車内における携帯電話を使っている人を数えてみました。すると、車両に全員が座っている状態で、1つの車両に約5人です。そして、1つの車両には約50人の方が座れます。つまり、携帯電話を使用する人は、約10%なわけです。

僕の使っている電車で、10両編成ということは、1つの電車に約500人が座って乗れます。その約10%ですから、約50人は携帯電話を使っているわけです。おそらく、どの電車でも似たような状況でしょう。

これを踏まえた上で、次の関係式が成り立ちます。

(1両あたり携帯電話を使う人)×(編成車両数)×(一日の本数)=(一日あたりに車内で携帯電話を使う人)

この式に当てはめて単純計算してみると、僕が使っている電車の一日だけでも、一日で約30、000人が、本を読まずに携帯電話のメールを読んでいるというわけです。これに、日本全国の路線の数(ここではとりあえず500路線と定義しておきます)をかけると、1、500万人となります。実際には、僕が日本全国の路線数を知らないし、編成している車両数も不確かなので、明確にこの人数というわけではありません。

しかしながら、座っている人だけが対象で、一車両につきたった5人という、かなり少ない見積もりで、1日でざっと1、500万人が車内で携帯電話を使用しているわけです。

こうなると最近言われているように、活字離れとか出版不況といわれているのも、納得せざるをえません。もちろん、本が読まれなくなったのはこのせいだけじゃありません。ネットの普及とか、様々な原因はあります。しかし、本を読む機会というのは、ほとんど電車の中でしょう。

ここで一言いいたいのですが、僕がこの文章を読んで欲しいということではなくて、人の命をもてあそぶことは止めましょう！！

いや、もてあそんでいるとは考えていないと思いますが、現実がそう伝えています。もし、車内でペースメーカーを使っている人が息苦しくなって倒れて、そこに携帯電話を使っている人がいたら、その人は傷害罪、最悪の場合は殺人未遂罪です。これで訴えられても、しょうがないと思ってくださいね。事実は事実なんですから。

きちんとしたマナーを身に付けたいと思ったら、マナーの心得とか、そういう類の本を買ってくるより先に、まず車内で携帯電話を使わないところから始めてみてはいかがでしょう？　それだけでも、少しはマナーをわきまえた人間となるはずです。

どうしても使うというなら、使ってもいいでしょう。その代わり、車内で携帯電話を使っている人を見回してご覧下さい。きっと、面白い結果になりますよ。ヒントを出すとすれば、自分から積極的に合コンへ参加しそうかどうかの基準で判断してください。合コンへは、もともと参加しそうにない中年の人なら、仕事が出来そうかどうかが基準となります。つまり、暇そうかそうではないかが基準となります。答えは、だいたい予想がつくと思いますが、また機会があったら答えを話しましょう。

まっ、最近の電車は、諦めて、

「優先席付近では、携帯電話の電源をお切りください」

と言うようになり、普通の席では、

「マナーモードに切り替え、通話等はご遠慮願います」

と、言うように切り替わりましたけどね。

でも、ご心配なく。相変わらず、社以内で携帯電話を使う人達は切り替わっていませんから。それに、そういう人達に忠告しても意味ないでしょう。優先席に座りながら、携帯電話をいじくり通す人もいることですしね。

だからこそ！！

〝障害者にも、わかることがある〟という言葉を聞きますが、よく考えてみると、これほどふざけた言葉はないんですよね。

というのも、〝にも〟の接続詞で前後の文をつなぐと、どうしても前の部分に、マイナスをイメージさせる言葉が必要じゃないですか。言葉の意味としては、〝でも〟や〝しかし〟でも、同じ意味です。そして、ニュアンス的にも同様に伝わってきます。

ということは、障害者本人が、身体の不自由さをマイナスとして考える必要が出てきますよね。そうなってくると、連鎖的に障害者自らが〝ノーマライゼーション〟を否定して、「自分は弱者」だと定義する必要が出てきます。事実、現在の社会が、それに対応して、

『障害者は弱者だ』

と、定義してしまっています。

こうなったら、いよいよ「自分ではなんとも思っていない」とか「障害を持つことは自分に近づくこと！」という言葉が矛盾して、障害を持つ本人自らが差別や偏見《へんけん》を受け入れることになってしまいます。

しかし、本人がマイナスと思わないことをなぜ、マイナスとして捉えなければいけないんですか？　福祉が発展してきた現在では、健常者にとっては、「障害者がマイナスの方がありがたいからですか？」という疑問が出てきます。

そうじゃなくて、健常者の一方通行ではなく、障害者も意見を出していって、いい意味で共同作業をするべきだと思います。

つまり、身体に不便な箇所を持つ障害者本人が、障害をマイナス要素として捉えるんではなくて、〝障害者だからこそ、わかることがある！〟と考える必要があるんですよね。すなわち、自分に誇りを持って行動して欲しいんです。

言葉の意味的には、同じことかも知れませんが、伝わってくるニュアンスが違うでしょう。マイナスをプラスに変えるんではなくて、身体の不便さ、つまり障害をマイナスではなくて、現状で当たり前のことと感じて、それをもっと伸ばすというか、そこから思い付くこととして、当たり前のように扱っていけばいいんです。障害を持つということは、1つの状況に過ぎないわけですから！

その状態で何ができるかとか、何ができないかを考えればいいのです。そりゃ、健常者だったころよりは、多少時間がかかります。でも、そのぶん、自分の状態をきちんと把握する時間が増えるわけです。それこそが、「障害を持つと自分に近くなる」の一部分でしょう。

この話で言いたいのは、障害を持つ人に対する社会の対応を改めて欲しいのではなく、障害を持つ人自身に考えを改めて頂きたいです。もちろん、障害を持つ全員に言えることではないです。中には、究極の能天気な僕と同じように、健常者だった頃と変わらず明るい人もいると思います。しかし、ここで、気を付けて欲しいのが、明るい人全員が能天気と言うわけではないということです。中には、行動第一の僕とは違って、明るく振舞っているようで、実は全てを計算して行なっている人もいるでしょう。

そうじゃなくて、障害を持ったことで、落ち込んだ人に訴えたい話でした。

一言でまとめると、周囲の人を変えたいのなら、まず自分が変わりましょう！

変わるからには何をしたら？

さて、自分が変わるにはどのようにしたらいいのでしょう？　僕の場合は、ほぼ強制的に変わったと言った方がいいですね。

事故によって、人間というか、考え方が変わったお話はしました。今度は心理面ではなく、物理的に変えるというお話です。

冒頭の方で、僕の本来の学部は、工学部機械工学科エネルギーコースだということを話しましたよね。それを、教授にご考慮頂いて、設計コースへの転属が決まったという話でした。

この先の話は、ちょっと僕の自慢話になりますけど、発表された卒業論文の成績が

「A（優）」だったんですよ。この設計研究室へ転属が決まり、研究を開始した当初は、エネルギーを専門に勉強していたので、設計図の書き方にもうとかったし、CAD《キャド》の使い方にも詳しくありませんでした。

しかし、僕の身体では設計図を書くとか、そういう道しか残っていないとも思ったのも事実です。そして、やると決めた以上短期間で覚えました。この1年、いや最初の半年で、2次元CAD《キャド》ならば、以前お話したように、完璧とまではいかないにしても、ほぼ使えるようになりました。3次元CAD《キャド》も、使うことは使うんですけど、そちらは論文の作成とかで、余り時間がなかったせいもあったので、簡単にしか覚えられませんでした……。情けない……。たぶん、頻繁《ひんぱん》にCAD《キャド》を使う人なら解ると思うんですけど、3次元のCAD《キャド》って、2次元のCAD《キャド》に慣れちゃうと、けっこうやっかいなんですよね。自宅にも2次元CAD《キャド》があるので、それをほぼ毎日使っていて、それを論文に貼り付けたりしていたんです。

寸法が決まっているから、3次元CAD《キャド》で書くのは、それに慣れている人なら誰でもできます。その思い付くという行為が、次でお話する心のスペシャルです。

3次元CAD《キャド》に話を戻すと、共同研究者にかなりできる人がいたので、その人にお願いしましたけど……。

それから、かなりの割合で、大学に行ってはいたんですよ。しかも、僕の顔を覚えてもらうというか、しっかりと印象付ける為に、できるだけ教授の部屋にも顔を出していたんですよ。僕が、頻繁《ひんぱん》に大学へ出向いているということを、解ってもらえたというところですかね。

成績を見た日は、

「最後まで、一年間お世話になりました」

と、教授にお礼を言いたい1日でした。

最後は、教授に対してのお礼となりましたが、やると決めた以上しっかりと自分のできる範囲でやっていればいいんです！　それは、僕の場合、努力したという範囲には入らないんですよ。では、どういうことかというと、環境がそうだったし、なにより自分が楽しんだからやれたんです。

心のスペシャル

突然ですが、スペシャリストの定義ってなんですか？　それは、ある部分に対しては絶対他人に負けないという、自信と誇りを持っていることだと思います。そういう意味なら僕は持っていると自負します。まぁ、目に見える部分でないことは確かです。

どういうスペシャルかというと、新たな物を発想する力です。それが現実的な構想にならなければ、ただ単に想像の域で終わりますが……。

ここで一言！　よく、「俺（私）は、想像力ないから」という言葉を耳にしますが、発想力とか想像力が乏しい人は、そうそういないでしょう？　もし、いたとしたら、それはそれで凄いとは思いますけどね。

具体的には、どんなことかというと、その人の趣味、もしくは興味があることに対してだったら、どういう事にせよ思い付くでしょう。それが、僕の場合は、前述したような福祉に関することなだけです。

例えば、物を作るとき最初に何がやりたいか、どんな物を作りたいか想像しますよね。僕の場合には、対象となる物をまず自分に当てはめて考えてみます。そして、「ここはこの方がいい！」とか、「ここをこうゆう風に改良しようかな？」と考えてみることから始まります。恐らく、物を作っている人達も、自分には当てはめなくとも、同じように考えて作っているはずです。

それを、具体的に研究して、寸法や数値、加わる力（応力）を計算して具体化していきます。ここまでくると、だいぶ現実味を帯びてきて、それは想像ではなく構想になります。あとは、実現へ向けて、その寸法や数値を元に具体的に計算や設計したりしていけばいいんですから。

そういう現実的なスペシャルリストではないにせよ、自分の体験から、

『こういう物を作ろう』

とか、発想力はあるつもりです。ところが、僕はある人から、

『誰にも負けないという、スペシャリストな部分はありますか？』

と、聞かれました。

そのスペシャル部分というのは、発想、提案とかじゃ駄目なんですか？　現実として目に見えないと、スペシャリストとは言えないんですか？　発想する人や提案する人は、スペシャリストとは呼べないんですか？

それが技術的なことなら、最初は下手でも訓練して反復していけば、じきにその分野では、スペシャリストになります。しかし、発想というのは、いくら訓練してもスペシャルにはなりえません。また、訓練方法というのがないのも事実です。自分の内面だけで考えるものですからね。

話は戻って、現実問題、新しいものを提案する人がいなかったら、実務をこなすスペシャリストでも、命題を与えられなければ何もできません。発想というのは、もちろん突拍子もない発想であるにしても、

『実際にあったらいいなぁ！』

というものです。物理的に不可能なわけじゃなく、具体的に新しい考えを出せるという発想でないと、スペシャリストとは呼べません。

そして、その発想が構想へと変わり、実現できなかったら、妄想へと変わるわけです。まぁ、僕の場合には、大部分が妄想へと消えますが……。しかしながら、それでも、特に不満に思っているわけではありません。だって、僕が目指している目標の1つが、「限りなく天才に近いバカ」ですから。でも、最終的には、やっぱりバカなんですね……。まっ、なんにせよこれでいいのだ！！（いいのか？）

障害は個性なのか？

さて、前々から言っていたこと、つまり障害は個性じゃないということを、ここではさらに掘り下げて考えてみます。

少なくとももというか、明らかに障害は個性じゃないんです！　「五体不満足」を出版された乙武さんも、

『障害が個性だなんて言った覚えはない！』

と、後から出版された本で言っています。

もし障害が個性というなら、個性がないからといって、わざわざ障害者になりたいバカはいますか？

なにもなりたくて、障害者になったわけがないんですよ。僕が、障害者と呼ばれるようになってしまったのは、あくまでも自分のミスからですけど、わざわざなりたいからなりたがるような、そこまでバカじゃありません！　バカをやってでもやるんだったら、間違いなく楽しんでやるでしょう。

事故直前や、事故直後の記憶というのは全くありませんが、僕が事故を起こしたのは、一般道の下道で、とてつもないスピードを出していて、スピンして電柱に激突したからだそうです。それだって、障害者になりたいと思って、とてつもないスピードを出したわけではありません。事故を起こす直前までは、恐らくというか絶対に楽しんでいたでしょうからね。もっと、このスピードを持続させたいってネ！

障害が個性じゃないってことをさらに書くと、乙武さんも後から出版された本では、『個性というのは、長所的な意味合いも含まれているよ！』と、いうようなことを言っています。実際に本を見ながら書いているわけじゃないので、これは僕の記憶です。もし、間違っていたらすみません。でも、僕もそう思います。

僕の考えでは、個性って肉体的に表れない自分の内に秘めたる部分が、たまに表に出

ることによって、それを見た人達が、

『あいつのあれは個性だ！』

と、評価するように、内なるものだと考えます。

つまり、このことは「五体不満足」を評価した人達が、そういうふうに言っているだけで、著者本人が否定しています。

実は、僕も初めてそれを聞いたときに、

『これはおかしいんじゃないか？』

と、疑問に思いました。ところが、本人自らが、

『「五体不満足」が独り歩きしてしまって、書いた当人が思っていることとは、かけ離れたことを言っているよ』

というようなことを、言っていたので、障害が個性じゃないということは、確信にかわりました。

きちんとした生活！

医療に関する仕事をしている人（どういう職種かは不明）と、おしゃべりをしていて、出てきた会話の中に、「きちんとした生活」というキーワードが何べんも出てきました。

その経緯とはこうです。

僕が「半身不随」であることと、障害者手帳を取得していることを告げて、それを前提に、最初は楽しくおしゃべりをしていました。

ところが、「きちんとした生活」というキーワードが出てきたのです。もちろん、一度ぐらい、「きちんとした生活」というキーワードが出てきたぐらいで、めくじらをたてて反発しません。

しかし、事あるごとに「きちんとした生活」というのです。

その人の質問の中には、こうありました。

『役場とかに行って、障害者の手続きをとってくれれば、きちんとした生活ができるよ。登録してきた？』

とのことでした。僕の回答はこうです。

『僕は、そんなことをしなくても、きちんとした普通の生活を営んでいるよ』

この人が言った、「きちんとした生活」というのは、どういうものなんでしょう。

『ということはあれかい？　障害者っていう前提があると、人間らしい生活ができないってことなの？　そもそも、障害者っていう前提だけで、人間とは認められないの？それは違うでしょう！』

それを、今度はこっちが質問すると、答えずに逃げてしまいました。

核心を突かれたんでしょう。

このように、医療系で働いているからといって、差別をしないといったら、それは大間違いです。医療系で働いているからこそ、障害者と呼ばれている人達の生活もより解ります。

しかしというか、だからこそ、「きちんとした生活」、もしくは「普通の生活」という言葉は絶対に使わずに、その人の話をよく聞き、もし障害者側から質問があればそれのみに答えるというような方針であって欲しいです。

もし、質問がなく障害者側の生活に何か不足していることがあって、それを説明しようと思っても、「きちんとした生活」、もしくは、「普通の生活」というキーワードは、絶対に使わないで欲しいです。いや、学校とかでは教えていないと思いますが、そう思っている方がいたら、考えを改めて欲しいです。

第8章　この文章で伝えたいこと

結局な話

ここで、なぜこの文章を書こうかと思ったかを、改めて伝えておきます。

この文章で、僕が伝えたかったことはたくさんあります。できれば、どれが一番とか順位を付けないで、初めから最後まで、まんべんなく読んでもらって、全てを正確に受け止めて欲しいと思います。

でも、こればっかりは、読んでいる人が聖徳太子でもない限り不可能な話です。僕も、言うだけなら、いくらでも数多く言えるんですが、それが読者に10分の1でも伝われば、障害者代表のメッセンジャーとして大成功です。

代表を自称しましたが、尊敬されるに値するような、すごい人間でも偉い人間でもないです。こういうメッセージを発信できる人間として代表という意味です。もちろん、障害者全員が僕と同じ考えというわけではありません。

障害者にだって、個性はあります。障害者に限らず、もちろん人間ならば生きている限り、特別な「ｏｎｌｙ ｏｎｅ」かどうかはさておき、世界に1つだけの花を持っています。要するに、一人一人違った個性は持っているということなんでけどね。だから、人生は面白いんです！

さて、メッセンジャーとも称しましたが、本当は「障害者全員の意識が、こうだったら嬉しいな！」という、僕のただの願望です。

話を戻すと、強いて順番を付けるなら、一番伝えたかったことは、本当の意味でのノーマライゼーションのようなことで、〝All or nothing〟、もしくは〝0か1〟、または〝有か無〟です。ここに書いたのは、生きていれば、どんなに重度の障害を持っていようと、結局は1人の人間だということです。それを、一番伝えたかったのです。

しかし、ある出版社の方は、どんなリハビリをして、その結果どのような結果になったとか、入院中に付き合ってきた女性との具体的な話がなくて感動がないと言いました。

それは、ここまで読んで頂いたみなさんも、気になったことだとは思います。

しかし、具体的なリハビリの方法や女性との話は、読んで頂いているみなさんに必要ありますか？　女性週刊誌じゃあるまいし、知る必要性は全くないでしょう。というか、僕自身そこまで具体的にプライベートを露出したくないというのが本音です。

病人ちっくな障害者としてではなく、健常者と全く変わらない、社会に生きる一般の人間として書きたかっただけです。それに、僕自身、障害者として生きているわけじゃありませんしね！　もっと、障害者障害者して弱者を装っていたら、障害者雇用とかですんなり職にありつけたんだろうとも思いますけどね。

そりゃ、右半身不随で杖を突いて歩くということは、絶対不変の事実です。確かに、健常者に比べたら、全く同じようにやることは、ちと無理な部分もあるし、不自由なところや、不便なところもあります。付け加えて、何をするにもスピードは絶対的に遅いです。

でも、何回も言っているように、それが僕の状況なだけで、どのような状況でも気持ちは健常者達と全く同じだし、そのパフォーマンスも健常者となんら変化ありません。

だから、就職の面接等でも、

『一般の人と同様に3月からの採用でいいんだね？』

と、聞かれたら、

『はい。もちろんです。健常者と同じように扱って下さい』

と、答えるようにしています。だから、就職が決まらないのかも知れませんが……。

でも、病人ちっくな障害者意識は全て拒否して生きています。

そりゃ、車椅子の乗り方や、僕が障害者であることを決めるとも言える、どんな風に杖を活用しているかは書きました。でも、これは僕の性格というか信念というか、〝明るく明るく楽しくネッ！〞をモットーに、文章を盛り上げる材料だったに過ぎません。どうせ障害者になったなら、笑う障害者の方がいいに決まっています！

それについては、別の出版社の方もおっしゃっていました。

『障害者の方が書かれそうな、悲壮さや痛ましさがなく、明るく楽しめる文面に仕上がっています』

こういう風におっしゃっていたので、僕の文章の書き方は間違っていなかったと確信できます。

では、女性の部分はともかく、なぜリハビリの部分を書かなかったのかと言いますと、僕と同じ障害を持っていて、どういうふうにリハビリをやったらいいのかを聞きたいのならともかく、障害といっても十人十色で個人個人の持っている障害の症状は人それぞれだから、僕個人のリハビリを書いてもほとんど意味ないでしょう。それよりは、自分がリハビリをしなくてはいけなくなったときや、自分が不幸になる話は置いておくとしても、自分の周りで、現在リハビリ治療を行っている方々、もしくは親族に投げかけるメッセージの方が意味はあるし、役に立つでしょう。リハビリの意味や、リハビリをしている最中の心の持ちようとかね！　そして、なにより障害を持った人の印象ですね。

この文章では、僕がメッセンジャーとなっていたんですが、これを読んでくれた結果、感動する話は1つも出していないつもりなので感動はしなくてもいいというか、感動することは不可能にしても、このメッセージを正確に受け止めてくれた人が、新たなメッセンジャーとなって、大きく色々な世界へ広げてくれれば、このメッセージは完結します！

何度もくどくなりますが、もう一度この文章で、僕が伝えたかったことを伝えます。まず、この話の冒頭でも出てきた、ノーマライゼーションに関する理念です。

まず一つ目。「ノーマライゼーション」というのは、障害の有無に関わらず1人の人間だということです。

例えば、男女間に関わらず、障害の有無に関わらず、人間として好きになる人が居た場合、それこそ「ノーマライゼーション」です。これには、人間の本質を好きになるという意味も、含まれていると思います。それが、目上の人間とか自分と同じ志を持った人間なら、少なからず尊敬の念が出てきます。

次に、二つ目。「リハビリテーション」です。

「リハビリテーション」の語源は、「ハビリテーション」からきています。これは、「学習」という意味です。この「ハビリテーション」という言葉の前に「リ」が付くのは、「再学習」という意味だからです。

つまり、無理をしなくても社会に適合できると感じれば、もうしなくてもいいわけです！

そして、最後の三つ目で、リハビリ最中の心の持ちようです。

これは、目的意識をはっきりさせること！　これに限ります！　それは、僕で実証済みです。これがあったからこそ、僕は人間として、きちんと復活できたのです！　事故前にお付き合いしていた彼女や、そのときにできた彼女に対して、そのことは感謝したいです。何度も言うけどありがとう！

これ以外にも、関連する話は多く出てきましたが、大きくいえば、この3つが重要なことだったのです！

そして、追加でもう一つ。障害は個性ではない！　これは、僕の中ではたいしたことありませんが、お読みになって頂いた皆さんが勘違いしないように言っておきたい言葉です。その理由は、文章中にありますが、障害は間違っても個性じゃない！　これだけは強く言っておきたいです。

しまった……。いつのまにか、伝えたいことが4つになってしまった……。

でも、以上！　これ以上続けると、次々と伝えたいことが出てきて、何を伝えたかったのかがはっきりしなくなりますから……。

害なの？

やっぱり、もう1話だけ追加しておきます。それは、〝障害〟という漢字についてです。これは、ノーマライゼーション同様に、とっても重要なことだと僕は考えています。

障害は個性ではないと書きましたし、言ったとされている乙武さんも否定しています。そもそも、障害者とは身体に不自由な部分がある人のことでしょう。では、その障害者というのは、詳しく見るとどのような人でしょう。

僕の考えでは、〝精神病〟と同様、〝障害者〟っていう言葉というか、この漢字の書きかたは、本来世の中にあってはいけない物だと思います。この文章で使っているのは、一般的に僕を見た場合現在の考え方では、他に書きようがないから、仕方なく使っているにすぎません。

では、さっそく〝障害〟について見てみましょう。

〝しょうがい〟って漢字で書くと、前述したのと同じやり方で、部分部分にわけて考えるとよく解るんですが、障の害って書くじゃないですか。これを、漢字字典でそれぞれの意味を調べました。

すると、〝障〟という字の意味は、〝へだてる〟や、〝さえぎる〟とか、〝さかい〟の意味と記してありました。一方、〝害〟のほうはというと、〝そこなう〟や、〝きずつける〟の意味でした。

そして、それらの漢字がひとくくりになった、〝障害〟の意味も調べてみたんですよ。こちらは、簡単に想像できるとおり、〝じゃま〟の意味です。

ということは、漢字を並べただけで単純に考えると、「者」の読み方は違っていますが、「障害者＝邪魔者」ということになってしまいます。

これだけで評価されると、人間の存在についても意味を失ってしまいます。となると、前述したのと大きく矛盾するように、障害者が生きる意味というのもなくなります。

そして、ある方からメッセージを頂きました。その方は、知的障害を持った人達の施設で働いている方です。その方が言うには、

『障害って漢字だと、障の害って書くでしょう？　それって、変だと思わない？　なにが害なのかしら？』

『うん、害じゃないよね。少なくとも、俺の考え方でいけば害じゃない！　これは、ある人からもらった言葉なんだけど、「障害を持つということは、自分に近くなる」なのね。

だから、少なくとも俺の中じゃ害じゃないよ』

『でしょう！　だから、私たち福祉で働いている人達にとっては、〝障害〟とは書かずに〝障がい〟って書くよ』

文章の最後になりますが、これがきっかけで、この話を書いたことも否めません。

さて、ここでもう一度、〝障害〟という漢字の書き方を思い出してみましょう。障害の〝障〟の字は、〝へだてる〟もしくは、〝さえぎる〟の意味を持ちます。こちらは、納得せざるをえませんよね。

健康な身体を、さえぎられた結果があるんですから。〝害〟の字も、納得せざるをえません。この健常者に比べて不自由な身体の部位は、健康な身体の同じ部位をそこなってこそ、今があるんですから。

でも、納得いかないのが、2つの漢字を組み合わせて作った、〝障害〟です。これを、意味どおりに、〝邪魔〟と考えると、さっきも書いた一文、「障害を持つということは、自分に近くなる」に反するでしょう。

つまり、〝障害〟っていう漢字がいけないわけで、その人が言ったように、〝障がい〟と書くか、もしくは、全てひらがなで〝しょうがい〟と書けばいいんですね。

それに、僕自身が入院していた病院の人を訪ねると、

『あっ！　いんちき障害者がきた。障害手帳は持っているけど、改造車は乗り回すし、杖はあまり使っていないし、使ったとしてもふざけているしね。それに、自分が障害者ってことを使って、女性とは仲良くなっているし。とってもいんちきだね』

と、言われています。まぁ、病院の人達が言ったことを良い方の意味で受け取れば、いんちき障害者と思われるぐらい、何でもポジティブにしか考えません。そして、なによりエンジョイした生活を送っている僕です。

それから、ここに書いたことは、何回も文面を変えた繰り返しになっているでしょう。大学時代からの成長がみられないということではなく、それぐらい、ノーマライゼーションと同じぐらい大事なことだったんです！

最後に、本気のマジで以上にしておきます。

第9章　後書きにかえて

終わりに

ここまで、飽きもせず読んでくれてありがとうございました。

以上、障害者な僕の考えていることはいかがでしたか？　まぁ、最終的には、前章とこの話だけを読んだら済むことになりますが……。障害とは関係ない内容が出てきたり、文章表現が行き届いたりしていないところもあったでしょうが、そこは勘弁して下さい。

大学の教授にみんなに伝える文章を書いていますと言ったら、こう言われました。

『へぇ、本を書いているんだ。君みたいな理系の学生でも文章表現は大丈夫？』

僕に聞かれてもねぇ……。一応、教授方に教えてもらっている理系の学生ですからね。

僕より、提出されたレポートをお読みになっている教授方のほうがよく御存知でしょう。

それに、就職を決めたのは、理系の学校卒にあった設計図を書く会社ですしね。まっ、実際の業務内容はかなり違いますけど……。まぁ、文章を書いているから、そっち方面の就職先でもよかったんですけど、一応大学で学んだことを無駄にしたくはないというか、生かしたかったですからね。だから、今は違う業務をこなしているけど、ゆくゆくは一設計者として業務に携わりたいですね。それから、先に書くと言っていた、内定を頂いた時期というのが、どのぐらい土壇場かというと、卒業式前日という、まさにギリギリな日程でした。

ところで、1つの話で、簡単に終わっている理由として挙げられるのは、僕の浅く広くという信念というかポリシーですね。実体験でいうなら、1つのことを集中してやるよりは、多くのことに手を出した方が楽しめるでしょう。

もちろん、この文章で伝わって欲しいのは、ただ1つ〝ノーマライゼーション〟なんですけど、それだけを書いてある文章じゃ、書くほうも読むほうもつまらないでしょう。すると、多くの人に伝えたいメッセージであるこの文章はあまり読まれなくなって、多くの人に伝わらないことになるでしょう。そのノーマライゼーションを愉快に伝えるために出した材料が、この本で出したへんてこりんな話だったのです。

それに付け加えると、当然のことながら、僕は大作家じゃありません！　作家のように、隅々まで完成された、玄人を唸らせるような、大層な文章を書くというのは不可能なことです。ですから、感動して頂かなくてもけっこうなんです。ただ、明治の大作家

である樋口一葉さんの本の中に、

『真実を求める心で書いたものならば、人を感動させることはできるのですよ』

との一文がありました。感動して頂けるかどうかは解りませんが、ここに書いてあることは全て事実です。だからといって、むりやり感動しなくてもいいです。

そもそも、文章を書くにあたって不自然なことがあります。大学が理数系の大学ですから、本来ならば、僕の得意な分野は数学などです。その証拠に、高校時代の中間テストでこんな事件がありました。なんと、数学が100点満点だったのです！　それ以外にも、当時通っていた塾の全国模試テストの結果、数学で24番を勝ち取りました！

「俺って、数学やるじゃん！」

と、自我自賛しました。

しかし、同じ中間テストで国語のテストが返却されたときのことです。

「俺って、日本語だめじゃん……」

その結果は、100点満点中たったの8点でした……。懐かしい高校時代に返却された模試テストを見ても、やっぱり国語がネックとなっていました。

でも、ここまで長い文章が書けるのは、僕にとって大事件があったからなんです。その事件とは、今まで書いてきた通り、事故によって高次脳機能障害と右半身不随という障害者になってしまったことです。

でも、僕自身はそんなにめげていません。逆に障害を生かして、楽しく生活しているだけなんですから！

それに、障害者だからって、それだけでかわいそうと思うのだけは止めて下さい。障害者に対して失礼だと思います。障害者になったのは、結果論であって、結果が解っていて原因を作ったり、原因に飛び込んだりしたわけじゃないんですから！　それより、『こんなバカな障害者もいるんだ。なんか、ここに書いてあることを読むと、ちっともかわいそうじゃないなぁ。俺達と同じじゃん！　これからは、たとえ障害を持っていようとも、１人の人間として考えよう』

と、思って頂けたら幸せです。あっ！　でも、障害者全員に共通して言えることじゃありませんよ。十分に話を聞いてからそう思って下さいね。自分の意思や責任とは関係無く、障害者になってしまった人もいますし。ここに書いてあることは、僕の場合ですよ。くれぐれもご注意を。

話は変わって、冒頭の方に書きましたが、例えば電車の中とかで、僕は苦痛じゃないです。シルバーシートの前に立っているわけでもないし、辛そうにしているわけでもないんです。逆にシルバーシートの前は避けています。

ただ、気を付けて頂きたいのは、シルバーシートの前に立っていないからゆずる必要はないんだと、勘違いしないで欲しいということです。立っていなくても、辛い場合や、譲って欲しい場合があります。だから、そういう場合には、声をかけやすい雰囲気でいることが重要です。そうしたら、辛い場合は障害者の方からお願いできます。

そういうときは、優しい態度で触れてあげてね！　お願いします。

そして、何より、冒頭でも言っていたように、障害者に対する印象を変えてくれたら嬉しいです。障害者だからって、それだけでめげてなにもしたくないわけじゃないです。

ある人が、次のように言っていました。

『あぁ、障害者って受身かぁ……。でも、施設に入っていたりすると、制限とか規則はあるでしょ。やっぱり、自由がある程度制限されちゃうのは、仕方ないことじゃないのかな？　だけど、動物園じゃないんだから、今よりもっと自由があってもいいような気がする』

『でしょう。だけど、病院とか施設に入所している人達は、そこの規則に合わせるのは当然のことだと思うよ。俺も入院時にはそうしてきたしね。でも、そういう場所は介護されたりする専用の造りになっているから、いくら障害者の意見が入っていないといっても、すごしやすい場所になっているでしょ？　そうじゃなくて、社会に出た場合だと思うよ』

病気や障害が完治したら嬉しいですけど、この僕のように、障害者のまま社会復帰せざるをえない場合もあるでしょう。そのときに、問題点とかが出てくると思います。その問題を、障害者が障害者のために解決していきたいんです。

僕も、事故を起こすまでは車関係の仕事に就こうと思っていたんです。事故を起こして自分が障害者になったことで、それを生かして本当に身体に優しいものを作ってみたいです。それは、その環境で生きている人が一番よく解りますから！

本来なら色々なことをする上で、障害にしかならない今の状態を味方にしています。それに、事故を起こして障害者にはなったけれども、それを笑い話に活用できるんです。笑い話に活用できるということは、障害を持っているということが、少なくとも僕にはなんの負担もないわけです。

そして、最後になりましたが、この文章中で何回も、

『僕は障害者だけど、1人の人間だよ』

と、言いました。本当は、これを言うにあたって、障害者自らが壁を作っているような気もするんですね。しかし、現状では、こういうことを言わなければいけない世の中なんですね。障害者の印象を変えたいと言いましたが、それよりもっと大きな存在であ

る、世の中の考え自体を変えたいんです！　しかし、並大抵のことでは変わりません。けど、自分に関することだから、小さなことからコツコツとやっていかなければ！
ちなみに、この文章は、僕がまだ大学生のときに書いたもので、先程も書いたように現在は就職もなんとか決まって、毎日仕事に追われています。でも、僕自身は就職も決まり一安心ですが、僕と同じような障害者が、世の中に置かれている状況を変えたいと思い、出版を目標としました。
最後も長いのは気にしないで下さい。では、またいつかどこかで！

追記：僕がこれだけの文量しか書かないのは、また書けないのは、右半身不随になってからの日が浅いのと、そこまで右半身不随特有のドラマがないからです。そして、この文章を読んでもらって完結というわけではありません。これを読んでもらって得た、メッセージを次の人に伝えてもらえたら完結となります。以上！　最後の最後まで読んでくれて、どうもありがとう！！

終わり良ければ、すべて良し！

ノーマニズム
～みんなの本《ほん》～

永吉《ながよし》 剛《たけし》

明窓出版

平成十六年二月二五日初版発行
発行者 ―― 増本 利博
発行所 ―― 明窓出版株式会社
〒一六四―〇〇一二
東京都中野区本町六―二七―一三
電話 （〇三）三三八〇―八三〇三
ＦＡＸ （〇三）三三八〇―六四二四
振替 〇〇一六〇―一―一九二七六六
印刷所 ―― 株式会社 ナポ
落丁・乱丁はお取り替えいたします。
定価はカバーに表示してあります。

ISBN4-89634-136-8

ホームページ http://meisou.com　Eメール meisou@meisou.com